Charlie Wat

L'amour à nu

ISBN : 978-1542687133

À ce voyage au bout du monde sans lequel cette histoire n'aurait jamais existé…

CHAPITRE I

Paris. Dans moins d'une heure, j'allais enfin être à Paris. J'avais attendu ça depuis si longtemps… J'avais cru que ce jour n'arriverait jamais. Et pourtant, j'étais là, dans ce train, avec une vieille valise à roulettes marron qui fermait mal et contenait toute ma vie.

J'avais tellement rêvé ce départ. Quitter mon père, la pizzeria, mes amis, ma famille, et Trébeurden, ma ville natale, pour vivre la grande aventure de la capitale. J'avais déjà perdu assez d'années à espérer. C'était un nouveau départ et je m'étais promis de le réussir. Comme je l'avais promis à Papa, d'ailleurs, quand je lui avais exposé mes projets l'année précédente :

— Tu sais bien que je n'ai pas le choix, voyons, tout se passe à Paris. Ici, au mieux, je peux espérer quoi ? un poste dans une radio locale ? des piges pour *Treb'infos ?* un reportage sur un parc à moules pour le compte de *Bretagne Durable magazine ?* Franchement Papa, je n'ai pas fait une école de journalisme pour ça…

— Il y a aussi *Ouest France*… C'est un gros journal, *Ouest France*, tu pourrais essayer…

— Admettons qu'ils me prennent, jamais ils ne me confieront des sujets intéressants ! Je serai bonne pour faire le tour des biscuiteries des Côtes-d'Armor ou alors m'occuper de la rubrique nécrologique, youpi…

— Et il y a quoi de plus à Paris, tu m'expliques ?

— Tout ! Il y a tout en plus à Paris ! Toutes les grandes rédactions sont là ! Je suis sûre que je pourrai trouver un boulot sympa rien qu'en claquant des doigts.

Mon père avait soufflé tristement.

— Ta décision est prise ?
— Archi prise. J'y réfléchis depuis des mois.
— Et tu vas faire comment ? Financièrement, je veux dire. Je t'aiderai, bien sûr, mais tu es consciente que ça ne va pas être simple ?
— Je me doute que ce ne sera pas facile tous les jours, mais il est temps que je me débrouille, tu ne crois pas ? lui avais-je rétorqué dans un sourire.

Ses bras m'avaient serrée aussi fort qu'ils avaient pu.

— Ah, ma petite Gaëlle de vingt-quatre ans qui veut s'envoler du nid et quitter son grand Papa…

« Mon grand Papa ». C'est comme ça que j'appelais mon père. Depuis toute petite.

Je m'étais un peu débattue, pour la forme surtout. Au fond, j'adorais ses câlins, même si ces effusions me mettaient toujours un peu mal à l'aise.

— Je ne pars pas en Nouvelle-Zélande non plus. Paris, c'est juste quatre bonnes heures en train.

Nous avions convenu que je travaillerais pendant un an à la pizzeria à ses côtés, histoire d'économiser assez d'argent pour me louer un appartement dans Paris – hors de question pour moi d'habiter en banlieue ! – et pour assurer mes premières semaines en tant que journaliste-à-la-recherche-du-job-idéal.

La pizzeria de mon père, c'est une grande affaire. Enfin, surtout pour lui. Il faut dire qu'il a monté ce restaurant avec Maman. C'était leur rêve à tous les deux de tenir un endroit où les gens aimeraient se retrouver et partager un bon repas. Et ils adoraient l'Italie. Ouvrir une pizzeria leur avait donc semblé tout naturel. À la mort de Maman, mon père s'était plongé dans le travail et avait tout misé sur cet établissement qui avait été, en quelque sorte, le deuxième enfant de mes parents. Mon père disait que c'était pour honorer la mémoire de Maman qu'il travaillait autant ; moi, je me doutais que c'était pour ne pas flancher et que ce restaurant, au fond, était la seule chose, avec moi, qui le maintenait debout.

La Casa de Chiara e Mario. Claire et Marc en réalité. Mon père avait tenu à conserver le nom du restaurant tel quel, même si cela impliquait que sa gorge se serrât à chaque fois qu'il levait les yeux vers l'enseigne verte et blanche.

Il lui fut difficile d'accepter l'idée de mon départ. Même s'il n'en montrait rien, je voyais bien que plus la date approchait, plus sa bonne humeur s'effilochait. Il devenait moins patient avec les clients, nettoyait plus vite les tables recouvertes de carrelage brun, s'agaçait à la moindre erreur de caisse ou de commande. Même avec moi, il s'énervait davantage, arguant que je n'avais pas la tête à travailler, que je n'y mettais pas du mien, et que la table six, bon sang, avait commandé des pâtes à la carbonara et pas une pizza quatre fromages, que ce n'était pas compliqué quand même de se concentrer un peu. Mais je ne lui en voulais pas, je connaissais la raison de sa nervosité : il s'inquiétait pour moi et craignait de voir s'éloigner la deuxième femme de sa vie.

Ce matin-là, à la gare, ils étaient venus nombreux pour me souhaiter bon voyage : mon grand Papa, évidemment, avec son air têtu et ronchon, sa larme à l'œil et ses mains dans ses poches ; ma meilleure amie, Justine, pleine de bonnes idées mais, fidèle à son habitude, fauchée comme les blés; ma grand-mère, Marie, les ongles rongés à cause d'un naturel trop anxieux et mon arrière-grand-mère, Jouanic, que tout le monde appelle Jojo et que les gens du coin viennent fréquemment consulter. Elle fait partie de ces personnes qui savent barrer le feu, préparer des remèdes aux plantes improbables et guérir en apposant les mains et en récitant des prières. C'est ça, son truc. Justine, ça l'avait fait marrer la première fois qu'on en avait parlé. Elle s'était gentiment moquée de moi et de ce qu'elle prenait pour une superstition moyenâgeuse. Mais je m'en fichais : je me souvenais de toutes ces fois où, lorsque j'étais petite fille, ma Jojo m'avait soulagée. C'était sans doute elle qui allait le plus me manquer.

Nous étions arrivés très en avance à la gare. Nous faisions le pied de grue depuis près de vingt minutes sur le quai lorsque le train était finalement arrivé.

— Tu es certaine que c'est ce que tu veux ? m'avait demandé une dernière fois mon père.

J'avais acquiescé en prenant la mine résolue de celle qui avait mûrement réfléchi.

— Tu feras bien attention à ton sac là-bas. Il y a plein de pickpockets dans le métro, avait prédit ma grand-mère Marie en fourrant un index dans sa bouche tordue d'inquiétude.

— Oublie pas de m'envoyer un petit mot quand t'arrives. Moi, j'ai plus de forfait sur mon portable, je ne pourrai ni t'envoyer de texto ni t'appeler avant le début du mois prochain, avait prévenu Justine.

— Monte vite ma chérie, faudrait pas que le train parte sans toi ! avait envoyé ma Jojo en déposant un baiser sonore sur ma joue.

Mon père s'était occupé de porter ma valise jusqu'à l'intérieur de la voiture. Ce satané bagage, en plus de mal fermer, ne roulait que sur deux roues et se déséquilibrait à chaque secousse. Le conducteur avait annoncé dans un haut-parleur que le train s'apprêtait à partir, poussant mon père à m'abandonner à regret.

— On y est ma Gaëlle, c'est là qu'on se quitte.
— T'inquiète Papa, je t'appelle dès que j'arrive. Et puis, on va se revoir très vite ! Et quand on se reverra, je serai une vraie journaliste, je te le jure.

Il m'avait prise dans ses bras et je crus sentir une larme dans mon cou. Mon père était ensuite descendu en vitesse avant que le train ne s'ébranlât. Restés sur le quai, tous les quatre avaient accompagné le déplacement de mon wagon par de grands gestes de la main.

Pendant que défilaient devant la fenêtre les paysages ternes d'une campagne plate, je n'en menais pas large. Malgré toute la force de persuasion que j'avais utilisée devant mon grand Papa, j'appréhendais l'existence qui m'attendait, espérant de tout mon cœur avoir fait le bon choix.

— Votre billet, mademoiselle, s'il vous plaît.

Devant moi se tenait un contrôleur plutôt grand, un sourire poli accroché au visage. Je saisis mon sac à dos, en sortis la pochette qui contenait tous les documents importants, en extirpai un plan du métro parisien, la carte du quartier dans lequel j'avais loué l'appartement sur internet, l'adresse et le numéro de téléphone de la gardienne, une liste de sites à consulter régulièrement. J'avais tout préparé, tout planifié. Tout allait forcément bien se passer.

— Vous pouvez me montrer votre billet, je vous prie ? répéta l'agent SNCF.

Tout allait forcément bien se passer, oui, à condition que je remette la main sur ce fichu billet.

— Oui, oui, je l'ai, juste une seconde.

Je paniquai : commencer ma nouvelle vie avec une amende pour non-présentation de titre de transport, ce n'était pas ma veine… Je rangeai mes documents et ressortis tous mes papiers les uns après les autres, fustigeant au passage silencieusement le contrôleur qui m'obligeait à mettre en désordre toutes ces feuilles que je m'étais efforcée de placer de la meilleure des façons possibles.

— Vous êtes certaine que vous l'avez ? Il ne serait pas dans vos mails par hasard ?

La poisse, j'avais justement effacé par inadvertance l'ensemble de ma messagerie avant de partir. L'émotion sans doute. Tout à coup, la lumière.

— Ah ! Mon manteau !
— Votre manteau ? répéta-t-il avec étonnement.
— Oui, dans ma poche ! Vous pourriez attraper ma veste juste au-dessus ?

Mon père, avec sa carrure de basketteur, avait placé mon vêtement au sommet du compartiment de rangement. J'étais trop petite pour le récupérer seule.

Le contrôleur obtempéra en soupirant. Heureusement que tous les voyageurs ne sont pas comme elle, se disait-il sûrement. Je fouillai aussitôt dans ma poche et lui tendis mon billet chiffonné.

Tout allait bien se passer, me répétai-je pour conjurer l'angoisse qui grossissait en moi, tandis que, déjà, le train entrait en gare Montparnasse.

À la sortie du train, le quai était bondé. Des gens se bousculaient, on entendait des excuses de partout – « *pardon, pardon, désolé* » –, lancées à la volée. Les roulettes des bagages faisaient un raffut de tous les diables. Personne ne parlait à personne, tout le monde était bien trop occupé à rejoindre le métro, ou le bus, ou la borne de taxis, ou un ami. Je m'arrêtai : seule au milieu de cette cohorte d'individus, ma légère appréhension se mua en peur. Et si je ne parvenais pas à mes fins ? Et si je m'étais trompée ? Et s'il n'y avait rien, ici, pour moi ? Soudain, je n'eus qu'une envie : remonter dans ce train et repartir dans l'autre sens, pour me blottir contre mon père et rire auprès de ma Jojo. Je respirai un grand coup. *Allez Gaëlle, cette fois, c'est ton moment*, me dis-je pour me donner du courage.

Je longeai le quai, arrivai au bout, le visage tiraillé par l'air froid et le dos luisant de sueur à cause de ma doudoune qui me tenait trop chaud. Essoufflée, je traversai une foule de personnes massée devant le panneau des trains en partance, lançai à mon tour des « désolée, pardon, je voudrais juste aller en face, là » à tout va en serpentant entre les valises et les caisses des chiens furieux d'être enfermés, et parvins finalement à un croisement où la signalétique me laissa perplexe. Je cherchais le métro mais ne le voyais nulle part. Je revins sur mes pas, persuadée que je l'avais raté. Je re-serpentai entre les individus qui louchaient sur le panneau des départs – « pardon, désolée, excusez-moi » –, et me retrouvai de nouveau sur mon quai. Je commençai à pester contre ce manque flagrant de bon sens et contre mon manteau trop rembourré qui me donnait l'air d'une vache en train d'accoucher. Je lâchai ma valise, ouvris ma doudoune, sentis un courant frisquet me pincer le cou, frissonnai, refermai la fermeture Éclair, plus agacée encore. Et c'est là que tout commença.

Pressée de refaire le chemin en sens inverse pour, enfin, trouver cette maudite bouche de métro, j'attrapai ma valise et me retournai. Je baissai la tête en m'apprêtant à démarrer d'un pas rapide quand mon front se heurta à une épaule. Surprise, je lâchai la poignée de mon bagage qui se retrouva par terre. Je faillis l'y rejoindre et ne dus mon salut qu'à la main qui agrippa mon dos pendant que l'autre saisit mon bras.

— Attention à vous, mademoiselle !

Tout d'abord, mon regard se porta sur ma valise, grande ouverte, et mes affaires étalées au sol, à la vue de tous. Des larmes de frustration et d'angoisse trop longtemps contenues commencèrent à perler au coin de mes paupières, très vite chassées par la sidération devant celui qui se tenait devant moi et qui me souriait d'un air doux.

— Vous ne vous êtes pas fait mal ? me demanda-t-il.

Je secouai la tête en faisant mine de replacer une mèche de cheveux derrière mon oreille et en m'efforçant de calmer ma respiration qui s'était emballée.

— Non non, je… ça va… je… merci…

Plus grand que moi, brun, des yeux bleus à se damner, ce jeune homme était merveilleusement séduisant. Il ne cessait de me regarder, et, sous son regard que je ne pouvais soutenir, je me liquéfiai, terrassée par une bouffée de gêne délicieuse qui se transforma en une honte terrible lorsque je le vis jeter un œil derrière moi, vers mon bagage béant et mes habits tombés pêle-mêle. Je me ruai aussitôt sur ma valise éventrée pour remballer le plus vite possible mes habits, mes sous-vêtements et mes produits de beauté. Sous le coup de l'émotion, mes gestes étaient désordonnés ; je tremblais en maudissant ma poisse légendaire. Il avait fallu que ma valise éjecte tout son contenu – culottes, soutiens-gorge, chaussettes, chaussures, vieux jeans, tee-shirts délavés et « pulls mémé » – devant un homme si profondément magnifique ! Si j'avais su, j'aurais au moins prévu de mettre mes plus jolies tenues sur le dessus, histoire de sauver les apparences. Mais non, évidemment, c'était les vêtements les plus moches ou les plus gênants qui avaient choisi de sauter hors de ma valise. Même Émile, mon vieux chat en peluche sale et dégingandé avait décidé de se faire la malle et de saluer le monde. À ce niveau-là, on était bien au-delà de la malchance : c'était carrément de la malédiction ! Pourtant, ma Jojo m'avait conseillé des milliers de fois de toujours parer à l'imprévu : « *Pense à mettre de la jolie lingerie, on ne sait jamais, tu pourrais avoir un accident et te retrouver sur un brancard. Tu ne voudrais pas que les pompiers ne te voient pas sous ton meilleur jour, n'est-ce pas ?* »… Comme elle avait raison ma Jojo, et comme je regrettai de ne pas l'avoir écoutée. Mais c'était trop tard, et c'était bien fait.

— Attendez, je vais vous aider.

L'homme s'accroupit à côté de moi et entreprit à son tour de ramasser le capharnaüm, sans s'attarder sur mes petites culottes en coton et mes soutiens-gorge dépareillés. Cette marque de délicatesse acheva de me bouleverser. N'importe quel type se serait fichu de moi ou aurait délibérément choisi de saisir ces choses-là en premier. Mais pas lui. En plus, il sentait follement bon.

Il rangea mes affaires pendant que moi, je me pinçais les joues pour empêcher mon cœur de battre jusque sur mes lèvres. Cet homme-là me faisait un effet que je n'avais jamais ressenti auparavant.

Lorsque tout fut remis en place, il soutint mon poignet pour m'aider à me relever.

— Je suis vraiment désolé, commença-t-il. Je suis très gêné de vous avoir mis dans l'embarras. C'est ma faute, je suis assez étourdi et j'ai tendance à ne pas toujours regarder devant moi. Du coup, je voudrais me faire pardonner. Je ne sais pas si vous avez un peu de temps, mais je pourrais peut-être vous inviter à boire un verre.

Un verre ? moi ? avec un type comme lui ? Oh, mon Dieu ! J'avais averti la gardienne de l'immeuble où j'allais loger que j'arriverais vers 16h mais ce n'était pas un problème. Pour prendre un café avec un garçon comme lui, une fille comme moi était capable de chambouler tous ses rendez-vous. Il était si, si…

— D'accord, super, je n'ai rien de prévu tout de suite de toute façon.

« Super ». Quelqu'un dit encore « super » en 2017 ? C'était comme si j'avais mis une étiquette sur ma tête où serait écrit « coucou, je sors de ma campagne ». Et puis, le « je n'ai rien de prévu tout de suite », c'était quoi, cette réponse stupide ? Je n'aurais pas pu mieux faire si j'avais voulu passer pour la *looseuse* de service sans ami et sans vie. Face à ma réponse débile, il allait évidemment réaliser à quel point j'étais une pauvre fille, et il allait changer d'avis, c'était sûr.

Mais non. À mon plus grand étonnement, il empoigna ma valise marron et me conduisit dans un bar, à quelques encablures des voies.

— On peut peut-être se tutoyer ?

Nous parlâmes pendant plus d'une heure. Une heure qui passa à une vitesse folle. J'appris qu'il s'appelait Gabin, qu'il avait vingt-cinq ans, qu'il était coach sportif et, surtout, qu'il était célibataire. Il était à Paris depuis peu. De mon côté, j'étais si subjuguée par le charme de ce jeune homme que je répondais peu et, le plus souvent, à côté de la plaque. J'avais l'air d'une andouille dans une prairie. Au fur et à mesure, je finis pourtant par me détendre pour découvrir que nous étions déjà plutôt complices : nous riions aux mêmes blagues et possédions un nombre faramineux de points communs. Ce garçon, tombé du ciel, était un cadeau.

Malheureusement, un coup de fil le poussa à mettre fin à cet instant de grâce.

— Je suis navré, j'aurais tellement voulu continuer à discuter avec toi, mais je dois partir.
— Je comprends, pas de problème.

Est-ce que ça voulait dire qu'on ne se reverrait jamais ? Non, ce n'était pas possible, je ne voulais pas, tout mon esprit refusait d'accepter cette idée. En même temps, un mec comme lui, avec une fille si commune, qu'est-ce que j'avais espéré au juste ? Il avait été poli, voilà tout. Comme je détestais cette manie que j'avais de faire des plans sur la comète sans arrêt !

— Tu as un numéro de téléphone ?

Je devais rêver, ce n'était pas possible autrement : il me demandait mon numéro de téléphone ! L'homme magnifique, prévenant, gentil, attentif et drôle qui était devant moi, cet homme absolument parfait à tous points de vue, avait donc envie qu'on se revoie ! C'était trop beau pour être vrai, je nageais en plein bonheur.

On répète souvent que les choses arrivent au moment où on s'y attend le moins et que les plus belles rencontres sont celles que le hasard place sur notre chemin. Jusqu'à cet instant, j'avais été plutôt sceptique car jamais je n'avais pu vérifier l'exactitude de ces propos : rien de ce qui s'était passé dans ma vie n'était imprévisible et mon père, ma Jojo et Justine étaient les seules véritables jolies rencontres de mon existence, soit deux personnes de ma famille et une copine de classe. Pas vraiment de hasard donc. Mais, en cet après-midi d'octobre, Gabin avait fait voler en éclats mes convictions.

Au moment de nous quitter, il déposa un baiser sur ma joue, un baiser qui me parut plus appuyé qu'un baiser ordinaire.

— Je t'appelle très vite, me promit-il.

Je le regardai s'éloigner, mon cœur battant la chamade et ma tête remplie de félicité. S'il voulait me revoir, c'était que je l'intéressais et que quelque chose en moi valait la peine qu'on s'y attarde.

C'est quand il fut sorti de mon champ de vision que je réalisai que je n'avais même pas pensé à lui demander son numéro. Mais ce n'était pas grave, il serait bien temps de le noter après.

C'est ivre de joie et pleine de reconnaissance pour l'intuition que j'avais eue de venir à Paris, pour ceux qui avaient rendu mon départ possible et, en fait, pour la Terre entière, que je m'engouffrai dans la station de métro. Tout me parut baigner dans une lumière splendide ; je trouvais les passants gracieux, les murs joliment décorés et les bruits étonnamment harmonieux. Je volais sous la capitale qui me promettait monts et merveilles. J'étais folle de joie, convaincue d'être tombée sur l'homme de ma vie.

CHAPITRE II

Gabin. Gabin. Gabin. Je chantonnais ce prénom sur les trottoirs de ma nouvelle ville. Le temps avait beau être à la grisaille, je ne voyais que du soleil et je planais, m'étonnant que le printemps n'accueille pas la nouvelle de ma rencontre avec mon prince charmant.

Après un trajet au cours duquel je me perdis plus d'une fois, j'arrivai enfin devant l'immeuble où j'avais loué un petit appartement. C'était un immeuble ancien, plutôt cossu. J'appelai la gardienne à l'interphone. Une voix aiguë me répondit aussitôt :

— Oui ?
— Bonjour madame, je suis Gaëlle Roelec. Je viens pour l'appartement.
— Ah oui ? Bah z'êtes pas en avance, nota la voix.

Elle avait raison, j'avais plus de deux heures de retard. Mais j'avais une bonne excuse : je venais de rencontrer celui qui allait changer toute mon existence.

— J'vous ouvre. Première porte à droite.

Un cliquetis retentit. Je poussai la lourde porte avec difficulté tant j'étais empêtrée avec mon chargement. Cela ne m'empêchait pas de sourire stupidement aux anges. D'ailleurs, c'était bien simple… Portée par l'assurance de plaire à Gabin, j'étais invulnérable et rien ne pouvait m'affecter : je m'amusais désormais de cette valise ridicule qui avait été la clé de mon bonheur.

La loge de Mme Michelet était à son image : petite, rabougrie, passablement vieillotte et sentant l'eau de rose. Un voilage jauni pendait à la vitre et empêchait les curieux de voir ce qui se tramait à l'intérieur de la pièce. Le mobilier était constitué d'une table en stratifié et de deux chaises, disposées de part et d'autre. Une cage était accrochée au plafond. À l'intérieur, deux jolis canaris se balançaient en piaillant. Au bout de la loge, il y avait une porte que Mme Michelet tenait fermée. C'était celle de son appartement, adjacent.

— Alors, me dit-elle lorsqu'elle me vit en remisant un balai dans un placard, vous avez d'la chance de me trouver. C'est que j'allais partir m'occuper de mes poubelles moi…

— Je suis désolée, mon train a eu du retard et je n'ai pas pu vous prévenir.

Un pieux mensonge.

— Allez, venez, on va prendre l'ascenseur, c'est au quatrième étage.

Je la suivis. Nous montâmes dans un appareil sans âge dont il fallait refermer manuellement la grille. Je n'en avais jamais vu de semblable. Il faisait un bruit de tonnerre. En plus, il était minuscule et mon fatras y tenait à peine. Mme Michelet poussa mes affaires sans ménagement et y pénétra à son tour.

La promiscuité avec cette petite femme n'était pas des plus confortables. Tout au long de notre ascension, elle me dévisageait et détournait les yeux dès que je la regardais. Pour combler le silence qui s'était installé, je toussai ostensiblement, ce qui eut pour effet de lui redonner la parole :

— Et z'êtes là pour combien de temps ? Six mois ? Un an ?

— Je ne sais pas encore à vrai dire, ça dépendra du travail que je trouverai.

— Et z'êtes d'où, si c'est pas indiscret ?

— J'habite dans les Côtes-d'Armor, à Trébeurden. Vous connaissez ? demandai-je pour paraître amicale.

— Non.

Le vacarme de l'ascenseur reprit toute la place jusqu'à ce que nous parvînmes enfin à destination. Sur le pas de la porte, elle me prévint :

— Z'avez vu les photos hein ? C'est pas très grand, mais c'est un studio chauffé et fichu comme il faut, vous vous y sentirez bien. Les propriétaires m'ont demandé de vous prévenir qu'ils avaient eu des problèmes avec le locataire précédent. Il faisait la bringue toute la nuit. On compte sur vous pour respecter tout le monde, hein ?

J'opinai du chef. En d'autres circonstances, j'aurais trouvé ces espèces de menaces inconvenantes, à la limite de l'impolitesse. Mais ce jour-là, rien ne pouvait m'atteindre. Elle poursuivit :

— Vous verrez, pour peu que chacun reste à sa place, les gens ici sont sympathiques.

Elle tourna la clé dans la serrure et je découvris l'appartement meublé que j'avais loué sur le site internet. Des murs blancs, un lino imitation parquet au sol, une grande fenêtre qui donnait sur la cour de l'immeuble, un canapé convertible, une télévision posée sur un petit meuble, une kitchenette, une salle de bain avec des w.c. intégrés. Tout était conforme. Nous fîmes rapidement l'état des lieux. J'avais hâte de me retrouver seule pour rêvasser tranquillement et attendre le coup de fil de mon cher Gabin. Et puis, j'étais pressée de ne plus être en présence de cette femme qui ne semblait pas trop m'apprécier et qui m'avait réservé un accueil plutôt frisquet. Au moment de sortir, elle adopta pourtant un ton plus conciliant :

— Z'avez quoi ? Vingt ? Vingt-cinq ? Vous savez, j'avais le même âge que vous quand je suis montée à Paris. Faut pas croire, ch'uis pas d'ici, moi. C'est pas facile quand on débarque, on connaît personne et v'là qu'on est toute seule quand parfois on a un p'tit coup de grisou. Si jamais ça vous arrive, hein, et qu'vous avez envie de causer, ma loge est ouverte de 7h30 à 12h et de 15h à 19h.

Je la remerciai. Sa proposition me fit chaud au cœur. Sous ses dehors un peu revêches, elle n'était pas si odieuse, Mme Michelet. Elle était même attendrissante, avec son chignon strict et sa blouse de cantinière. Ressentant une connivence soudaine avec elle, j'eus envie de lui raconter mon tout nouveau conte de fées. Toutefois, je balayais rapidement cette idée de ma tête, convaincue de toute façon que Gabin serait bientôt là, à mes côtés.

Elle partit. Je m'assis sur le canapé et contemplai quelques minutes mon sac à dos, mon sac à main et ma vieille valoche tordue, avant de sortir de ma veste mon téléphone portable et d'envoyer un SMS à mon père pour le prévenir que j'étais bien arrivée. Il me répondit illico que c'était super.

« Super ». C'était bien le genre de mon père d'écrire des mots aussi ringards. Je souriais en me rappelant que c'était aussi le mot que j'avais employé un peu plus tôt dans la journée, devant Gabin. J'avais de qui tenir.

Je décidai de garder mon portable à portée de la main : je ne voulais pas louper l'appel de mon prince charmant. Qui n'allait sûrement pas tarder.

Sept jours plus tard, Gabin ne m'avait pas encore appelée. J'étais déçue et j'oscillais sans cesse entre tristesse infinie et fol espoir : j'étais tantôt absolument furieuse contre moi-même d'avoir eu la prétention de penser que je pouvais plaire à un type comme lui – pensez… moi, Gaëlle, petite Bretonne un peu boulotte, aux côtés d'un garçon fabriqué pour les couvertures des magazines… –, tantôt pleine d'espoir, persuadée que le temps jouait en ma faveur et que, d'ici quelques jours, cette attente ne serait plus qu'un vilain souvenir. Puisque Gabin était fait pour moi et que le destin nous avait forcément réunis pour une bonne raison. Et plus j'attendais, plus mes sentiments à l'égard de cet homme grandissaient. Et plus j'en crevais, d'attendre.

Dès que mon téléphone vibrait ou sonnait, je me jetais sur lui, prise d'un trac fou et d'une délicieuse sensation de chaleur. Mais l'écran affichait inexorablement « Papa » ou « Mamie », l'un voulant s'assurer que je ne manquais de rien et que j'étais heureuse, l'autre que personne n'avait encore dévalisé mon appartement ou piqué mon sac à main. J'étais si triste que, plus d'une fois, j'eus envie d'envoyer valser mon portable contre le mur. Je me contrôlais pourtant : mon téléphone cassé, comment mon bien-aimé pourrait-il me joindre ?

Il paraît que pour faire venir un invité en retard, il suffit de déboucher une bouteille de champagne. De même, allumer une cigarette à une station de bus permettrait à ce bus d'arriver plus vite. À bout, je décidai d'appliquer ces méthodes peu scientifiques à mon cas : j'éteignais de plus en plus fréquemment mon portable et le rallumais une heure après, une heure au cours de laquelle je pensais très fort à mon homme, dans l'espoir que, dans cet intervalle, il m'aurait laissé un message. Peine perdue, ces jours ponctués d'optimisme et d'amertume me parurent durer une éternité.

Pour ne pas sombrer totalement dans la mélancolie, j'entrepris de commencer à chercher du travail. J'envoyai quelques CV par mail à des mensuels célèbres, des quotidiens, des hebdomadaires, des rédactions de reportages télévisés. Je visais large, ne me fixais aucune limite. Afin de maximiser mes chances, j'allai également déposer ma candidature directement auprès des bureaux concernés. Je pensais que me présenter devant des rédacteurs en chef me donnerait plus de crédibilité et permettrait à ces derniers de se faire une idée plus précise de ma personnalité.

Je fis la tournée des grands-ducs et passai des heures, carrée dans le métro ou dans le bus. Plan à la main, j'arpentais les trottoirs parisiens. Évidemment, pas un de ces prélats de l'information ne me reçut. La plupart du temps, une hôtesse d'accueil à laquelle j'exposais la raison de ma présence me tendait une main lasse en mâchant un chewing-gum : « Passez-moi votre CV, je transmettrai ».

J'étais dépitée, assommée par ma propre désinvolture : comment avais-je pu m'imaginer que le monde journalistique n'attendait que moi ? Je n'étais à Paris que depuis une semaine mais cela avait suffi pour mettre mes rêves en pièces: non, l'homme de ma vie n'était finalement pas l'homme de ma vie, et non, je n'étais pas LA journaliste que l'univers attendait comme le messie. Voilà que je commençais à regretter mon entêtement à venir ici, seule, perdue, loin de ma famille et de mon amie. Mais j'étais trop fière pour, déjà, acheter mon billet de retour. Aussi, le soir, quand mon père me demandait au téléphone si tout allait bien, je mentais et lui assurais que je vivais les plus beaux jours de ma vie. Il me croyait, je pense. Après avoir raccroché, j'attrapais invariablement mon vieux et fidèle Émile et le serrais contre ma poitrine avec nostalgie et tout un tas de regrets.

Le huitième jour, après m'être fait congédier du siège du fameux *Toi magazine*, je passai devant une boulangerie dans une ruelle du quartier Saint-Lazare, à proximité de l'église Saint Augustin. Là, je remarquai une petite annonce apposée sur la devanture :

« Cherche vendeuse qualifiée, 25h/semaine, SMIC horaire + primes. »

Il me restait un CV dans mon sac à dos, le dernier après celui que les deux affreuses pimbêches, à l'entrée des bureaux de *Toi magazine*, avaient daigné attraper du bout des doigts. Bien sûr, ce job était à des années-lumière de ce que je voulais faire, mais il aurait au moins l'avantage de m'occuper l'esprit et de me permettre de gagner un peu d'argent, sans dépendre de mon grand

Papa que je ne voulais surtout pas inquiéter. J'entrai dans la boutique.

Une odeur de pain chaud m'accueillit. La commerçante, une jeune femme d'à peu près mon âge, était en train de disposer une nouvelle fournée de baguettes dans les panières au-dessus de la caisse. Le contraste avec l'extérieur était saisissant : dehors, il faisait froid et presque nuit, déjà, tandis qu'à l'intérieur, les néons diffusaient une lumière agréable et un radiateur chauffait la pièce.

— Bonjour madame, qu'est-ce que je vous sers ?
— Euh… fis-je, prise de court.

Ma timidité était maladive. Je n'osai pas répondre d'emblée que j'étais là pour l'annonce. Je réclamai donc un pain au chocolat, le payai et, au moment de sortir, pris mon courage à deux mains et donnai ma candidature à la vendeuse qui l'accepta avec affabilité.

— Merci, me répondit-elle aimablement, on vous rappellera.

« On vous rappellera. » C'est ce qu'on dit toujours quand on n'a pas l'intention de le faire. J'en avais assez de tous ces gens qui devaient me rappeler mais pour lesquels je n'étais manifestement pas assez bien.

Je regrettai aussitôt d'avoir postulé comme vendeuse parce qu'à coup sûr, le job me serait refusé, et ça me montrerait à quel point je n'étais compétente pour rien, ce qui donnerait du grain à moudre à ma contrariété. J'étais la reine des bourdes, une vraie miss nullité. J'avais honte de moi.

J'embarquai mon abattement dans la bouche de métro la plus proche. Je n'avais qu'une idée en tête :

rentrer dans mon appartement, m'enterrer sous ma couette avec Émile et des cookies au chocolat blanc, et fuir la Terre entière.

Parvenue au bas des marches de la station Saint-Lazare, mes oreilles distinguèrent une voix douce accompagnée d'une de mes musiques préférées du moment : *Let her go*, de Passenger. Je m'approchai et découvris, au croisement de deux lignes, un jeune chanteur qui murmurait dans un micro et grattait à la guitare. Les yeux clos, il paraissait habité par le morceau qu'il jouait.

Je ne pus m'empêcher de m'arrêter pour l'écouter. Sa voix suave, quoique très légèrement nasillarde, rappelait celle de la chanson originale. Portée par la mélodie, je me mis à rêvasser à mon histoire d'amour naissante avec Gabin et à penser à ce coup de fil qu'il m'avait promis et qui ne venait pas. La musique exacerbait mes émotions : je réprimai avec difficulté quelques larmes qui menaçaient de rouler sur mes joues. À ce moment-là, j'étais si triste. Lorsque la musique cessa et que le chanteur embraya sur une nouvelle chanson, je me repris et descendis sur le quai pour, enfin, rentrer chez moi et pleurer à chaudes larmes sur ma vie stupide et mes choix débiles.

Une trentaine de minutes plus tard, dans le hall de l'immeuble, je rencontrai Mme Michelet, les bras chargés de serpillères et de torchons.

— Ah, alors vous voilà ! Comment ça se passe l'emménagement ?

Je n'avais pas le cœur à faire la causette. Elle le sentit sûrement car elle me libéra immédiatement :

— Z'avez l'air pressé. N'oubliez pas ce que je vous ai dit la dernière fois…

Je lui souris en m'efforçant de ne pas paraître trop désœuvrée et me réfugiai dans l'ascenseur minuscule.

Soudain, mon téléphone se mit à sonner. L'écran affichait « Numéro inconnu ».Mon sang ne fit qu'un tour. Enfin, il appelait !

CHAPITRE III

— Allô ? fis-je en tentant de dissimuler mon excitation teintée de l'anxiété de ne pas être à la hauteur.

— Mademoiselle Gaëlle Roelec ?

Ce n'était pas sa voix. Mon cœur, qui, la seconde d'avant, battait une chamade incroyable, s'émietta en morceaux minuscules.

— Oui ? articulai-je, étranglée par la déception.

— Monsieur Milard, propriétaire de la boulangerie Milard et Compagnie. Vous avez laissé votre candidature à la responsable de la boutique tout à l'heure…

Surprise, j'écoutais Rodolphe Milard, quarante-sept ans, vanter les mérites de la boutique qu'il avait créée treize ans auparavant. Comme je le savais sûrement, m'expliqua-t-il, la période des fêtes de fin d'année est cruciale dans les métiers de bouche. Il était donc urgent de trouver une personne de confiance, courageuse et expérimentée. D'ailleurs, est-ce que je l'étais, expérimentée ? Parce que mon CV n'indiquait rien en ce sens.

— Vous comprenez mademoiselle, j'ai besoin d'un employé tout de suite opérationnel. La caisse, vous savez tenir une caisse ?

— Oui, j'encaissais parfois les clients dans la pizzeria de mon père.

— Bien. Vous pouvez passer demain à la boutique ?

Nous raccrochâmes après nous être mis d'accord. J'avais trouvé un job en attendant de trouver LE boulot de mes rêves. Ce n'était un travail ni bien folichon ni bien rémunéré ; je n'allais certes pas pouvoir mener la vie dont je rêvais en étant boulangère, mais, après tout, c'était provisoire. Une – infime, voire microscopique – partie de moi se réjouissait de cette nouvelle, pendant que l'autre nageait en plein désarroi. Parce que Gabin n'avait pas appelé, parce que ma petite histoire d'amour n'était qu'un fantasme de l'idiote fleur bleue que j'étais et parce qu'en plus, une fois encore, j'y avais cru.

Je maudissais Rodolphe Milard d'avoir fait sonner mon téléphone et de m'avoir laissé penser, ne serait-ce qu'une seconde, que Gabin était au bout du fil... comme je détestais cet optimisme délirant qui me persuadait que Gabin et moi n'étions qu'à l'aube de notre relation. Pourtant, je ne m'avouais pas vaincue : une rencontre de cinéma comme la nôtre était forcément un signe du destin. Après tout, un tas de raisons pouvaient justifier qu'il ne m'eût pas encore téléphoné : *son mobile ne fonctionnait plus et il était en réparation.* J'imaginais d'ici mon pauvre Gabin, râlant sur l'employé du service après-vente d'une quelconque enseigne, lui expliquant l'importance d'une réparation rapide et se rongeant les sangs à l'idée que, lassée, je n'attende pas ou pire, que je l'oublie... *ou il avait perdu son téléphone et, avec lui, mon numéro.* Il avait cherché pendant des nuits entières, avait retourné tout son magnifique appartement, vu qu'il ne pouvait vivre que dans un appartement magnifique. À présent, il attendait de recevoir son nouveau téléphone – qu'il avait bien sûr commandé en urgence mais qu'un problème de livraison retardait encore – pour pouvoir télécharger à nouveau l'ensemble de ses contacts. Le lendemain ou le surlendemain, assurément, nous ririons ensemble de ce que la vie sait mettre nos nerfs à rude épreuve… *ou il s'était fait voler son téléphone.* Ses agresseurs s'étaient mis à trois contre lui. Il s'était battu comme un loup, non pas par peur de perdre son téléphone, mais parce qu'il n'avait noté mon numéro nulle part ailleurs. Mais à un contre trois, pensez-vous. Ils avaient amoché mon pauvre amour dont l'œil était recouvert d'un hématome violet. Ne pouvant toutefois se résoudre à passer à côté de notre histoire, il était à cet instant précis en train d'arpenter tout Paris pour me retrouver…

Dans tous les cas, je devais être patiente et compréhensive, l'heure de nos retrouvailles n'était plus très loin.

Le lendemain, comme convenu, je me présentai à la Maison Milard et Compagnie. Après un très bref entretien avec Rodolphe, le patron, je fus officiellement présentée à Estelle, la vendeuse à laquelle j'avais remis mon CV la veille.

— Responsable de boutique, pas « vendeuse » me reprit-elle immédiatement. C'est moi qui gère les commandes aux boulangers et aux pâtissiers, moi qui décide de la vitrine et moi qui compte la caisse le soir.

La responsable de boutique, donc, se nommait Estelle. Sous des dehors un peu pincés, c'était une chic fille du même âge que moi. Elle n'était pas très jolie, avec ses lunettes à double foyer, ses cheveux sans le moindre volume qui se séparaient en deux averses drues par une raie très au milieu, son grand front et ses vêtements moulants qui accentuaient sa culotte de cheval. Mais son amabilité et sa propension à sourire plaçaient au second plan ses défauts physiques.

Estelle adorait son métier. Elle-même fille de boulangers, elle servait déjà toute petite dans le magasin que tenaient ses parents, au rez-de-chaussée de son immeuble, dans la Sarthe. Elle avait débarqué à Paris par amour, pour un homme de quarante ans qui lui avait promis monts et merveilles, avant de s'avérer très vite marié et père de deux adolescents. Elle n'avait alors que dix-neuf ans et, à la lumière de ce qu'elle me raconta plus tard, j'eus la sensation que certaines filles avaient le don d'attirer à elle les pires hommes qui soient. À côté d'Estelle, je n'étais pas à plaindre.

Après une demi-journée de formation, j'étais opérationnelle : les paquets montés n'avaient plus de secret pour moi, je maniais la caisse avec aisance et j'avais retenu tous les ingrédients des multiples pains et des pâtisseries. Bref, je pouvais commencer à travailler.

Dès le lendemain, je m'installai dans une petite routine : je partais travailler, faisais ma journée et repartais en métro chez moi. Puis, je mangeais devant la télévision des plats préparés, achetés au Monoprix d'en face, ou des invendus que je rapportais de la boulangerie. En général, mon père m'appelait vers 22h, quand la pizzeria se vidait de ses clients. À sa façon de me demander si tout allait bien plusieurs fois dans la même conversation, à sa manière de me rappeler que je pouvais rentrer quand je voulais, que j'avais le droit de me tromper, je sentais à quel point il s'inquiétait pour moi et à quel point je lui manquais. Mon grand Papa aussi me manquait terriblement : à l'issue de nos coups de fil, j'attrapais inexorablement mon Émile et le serrait contre moi. Lorsque je lui annonçai que je travaillais dans une boulangerie, mon père me rétorqua, incrédule :

— Tu aurais pu rester ici, pour faire ça. Il y en a beaucoup des boulangeries, à Trébeurden. Moi qui croyais que tu voulais être journaliste.

— C'est juste en attendant, Papa. Je suis certaine qu'on va m'appeler pour un nouveau travail dans pas longtemps. J'ai laissé un CV chez *Elle* : je l'ai bien sentie, la fille de l'accueil…

La vérité, c'est que plus les jours passaient, plus je me décourageais. Évidemment, il était hors de question que je l'avoue à mon père, cela l'aurait rendu triste car il aurait mal supporté que je ne sois pas la plus heureuse du monde. Après la mort de Maman, j'étais devenue son unique princesse. Mon bonheur était pour lui une préoccupation de tous les instants, quasi maladive. Si je lui avais confessé que tout ne se passait pas exactement comme prévu, il aurait pris cela pour un échec de son éducation et il aurait eu de la peine. Ce qui, pour moi, était inconcevable.

— Et sinon, me questionna-t-il une fois, tu as commencé à te faire des amis ?

— Oh, j'ai peut-être rencontré quelqu'un… rétorquai-je, trop heureuse de pouvoir mettre un peu de concret dans mon histoire avec Gabin.

— Déjà ? Bon, il est gentil avec toi, au moins ?

— Oh oui, il est parfait. D'ailleurs, je vais te laisser, j'attends son appel.

Eh oui. Parce que les jours avaient beau glisser, j'en étais toujours là, prête à bondir sur mon téléphone quand il sonnerait. Ce qui ne manquerait pas d'arriver d'un instant à l'autre.

Certains matins, je me levais avec la conviction que ce jour-là était LE jour. Je voyais des signes annonciateurs partout : dans la forme d'un nuage creusé en son milieu, dans le visage d'un passant plus débonnaire que les autres, ou même, dans la couleur de la tenue d'Estelle. Inlassablement, j'émettais des hypothèses toutes plus farfelues les unes que les autres : si, aujourd'hui, ma responsable porte une jupe, alors il m'appellera ce soir ; si elle met ses chaussures vernies, alors je l'aurai au bout du fil à 21h ; si le prochain client est une cliente, alors je découvrirai un message sur mon répondeur en récupérant mon téléphone tout à l'heure ; s'il se met à pleuvoir, Gabin me cueillera à la sortie de la boulangerie– grâce à l'intuition des âmes si proches qu'elles communiquent entre elles à distance. Mais la journée se terminait et mon téléphone demeurait invariablement silencieux.

Il y avait des soirs où j'étais vraiment déprimée : je me retrouvais seule, au beau milieu d'une ville que je ne connaissais pas, à faire un boulot de première nécessité et à attendre l'appel d'un type qui, si ça se trouvait, ne se rappelait même plus de mon nom. Quelle idiote j'avais été de croire qu'un mec aussi parfait pouvait se pencher sur mon cas.

J'étais une fille médiocre, affreusement normale. La nature m'avait affublée d'un physique bateau et d'une personnalité lisse et sans aspérité. J'enviais ces filles dans les séries à la télévision qui étaient toutes si sûres d'elles, qui avaient de la répartie et qui étaient sexy en étant habillées d'un simple survêtement. Moi, pour avoir l'air un tant soit peu potable, il fallait que je fasse beaucoup d'efforts : maquillage, hauts talons, coiffeur. Et encore, même comme ça, on ne me rangeait pas du côté des jolies filles. Alors évidemment, pour Gabin, ce n'était pas la peine d'y penser. Sans compter que je ne savais jamais quoi dire, ni à quel moment. Je rougissais comme une tomate à chaque fois qu'un inconnu s'adressait à moi. Ma timidité maladive tournait au ridicule. J'étais, en apparence, d'une affligeante banalité et il était clair que je n'étais pas au niveau de celui que j'avais pris pour mon prince charmant. J'étais certaine que j'allais finir seule, puisque personne ne pouvait s'intéresser au genre de fille que j'étais, ou qu'il faudrait que je me résigne à trouver un homme aussi fade que moi.

De même, je n'avais aucune nouvelle des multiples candidatures que j'avais déposées. Je n'intéressais tout bonnement personne. Je devais être trop transparente, j'étais *out*.

Finalement, dans ce magma de mélancolie grise, une seule chose me réconfortait : tous les soirs, quand je rentrais de la boulangerie, le même chanteur était là. À chaque fois, je m'arrêtais quelques minutes pour l'écouter. À chaque fois, ses chansons d'amour résonnaient en moi. Et si je quittais la boulangerie épuisée et triste comme un caillou, sa voix et sa musique parvenaient à me redonner, un peu, confiance en l'avenir.

En plus d'être rigolote, Estelle était une commerçante hors pair. Elle savait mettre tout le monde à l'aise. Aussi, il n'était pas rare que les clients se confient à elle. Parmi eux, il y avait des habitués : cette femme qui prenait huit croissants le lundi soir à 18h45 ; cette nounou qui parlait mal français et comptait sur un bambin de quatre ans pour passer la commande ;

la pharmacienne pressée qui achetait tous les midis un sandwich aux crudités sans mayonnaise, une part de flan aux fruits et une bouteille d'eau gazeuse ; le fleuriste qui arrivait toujours quelques minutes avant la fermeture et achetait son pain complet tranché ;ce vieux monsieur avec son chapeau qui posait sa canne contre la baie vitrée et sirotait son thé que nous lui servions, accompagné de son mini pain au chocolat, un après-midi après l'autre, sur les tables disposées à cet effet.

Il y avait aussi ces employés de *Toi magazine* qui se nourrissaient de quiches ou de salades, du lundi au vendredi, de 12h à 13h30, que j'entendais rire et que j'enviais. Ils semblaient insouciants. Parfois, ils échangeaient sur un sujet d'actualité et des débats vifs montaient de leur petite assemblée qui faisait la queue. Les écouter était passionnant, et j'aurais donné cher pour être l'une d'entre eux. Mais ils me regardaient à peine : je n'étais que la boulangère, je servais les friands à la saucisse, les éclairs au chocolat et les baguettes aux céréales. Une fois, pourtant, une femme qui était avec eux me dévisagea :

— C'est marrant, j'ai l'impression de vous avoir déjà vue quelque part…

Sans doute ma photo sur mon CV. C'était ma chance ! Je m'apprêtais à lui répondre quand l'un de ses jeunes collègues interrompit mon élan :

— Tu peux me dépanner d'un ticket resto ? J'ai dû laisser mon portefeuille chez le gars de l'interview de ce matin.
— Ouais ouais, bien sûr. Attends, je termine ma commande et je te le sors.

La femme était alors revenue vers moi.

— Je vais prendre une formule B, avec une quiche aux poireaux et un fromage blanc.
— Quel parfum pour le coulis ? lui répondis-je, la gorge serrée par le désappointement.
— Framboise.

C'en était terminé, elle ne me voyait plus que comme la pourvoyeuse de déjeuners. Le reste de la journée, une morosité soudaine s'empara de moi. Estelle le remarqua et je lui expliquai les raisons de mon désarroi. Toutes les raisons. Je lui parlai de ce rêve fou de devenir une grande journaliste, de ma famille qui me manquait, mon père, ma grand-mère Marie et, bien sûr, ma Jojo dont je n'avais reçu que des nouvelles indirectes puisqu'elle rechignait à appeler sur les mobiles et que je ne possédais que ça. Je lui parlai aussi de Gabin, dont j'attendais l'appel depuis un mois tout juste. Ma collègue tâcha de me consoler en m'assurant que l'amour, pour elle aussi, c'était bien compliqué ces temps-ci.

Ce soir-là, quand je quittai Estelle sous la pluie pour rentrer chez moi, j'étais dépitée. Plus encore qu'à l'accoutumée. J'avais l'impression qu'un poids énorme s'était installé sur mes épaules et que rien ne pourrait faire qu'il disparaisse. J'étais si désespérée que je n'éprouvai même pas l'envie de m'arrêter pour écouter le chanteur du métro. Je voulais rentrer le plus vite possible pour me blottir contre Émile et me retrouver seule avec mon énorme cafard.

Je me retrouvais assise sur mon canapé. Devant moi, un paquet de chips vide s'appuyait sur une canette de Coca. J'avais, sur les genoux, un plaid, et sur le plaid, un énorme paquet de M&M's dans lequel je piochais frénétiquement. Je voulais recouvrir ma solitude de sucre, de gras et de cacahuètes. C'était ma seule consolation. Je zappais avec nonchalance : les films et les émissions défilaient sans que je m'attarde sur aucun programme.

Mon téléphone sonna. C'était mon père qui appelait, comme tous les soirs. Mais cette fois, je n'avais pas envie de répondre, pas le cœur à faire semblant d'être bien dans ma tête et bien dans ma peau alors que mon existence était d'une insipidité crasse. Je laissai mon portable sonner et, lorsqu'il cessa, j'entrepris d'envoyer un texto à mon grand Papa qui, déjà, devait se faire du mouron.

« Je suis à une fête, je ne peux pas répondre. Je te rappelle demain. Tout va bien. Gros bisous. »

Une fête, tu parles. Comme si j'avais des amis dans cette capitale froide, humide et morne. Comme si je comptais pour quelqu'un, dans un périmètre proche. Au lieu de ça, je me retrouvais à enfiler des M&M's à tout va devant une télévision idiote avec une télécommande sur laquelle j'appuyais toutes les trente secondes.

Brusquement, mon cœur manqua un battement. Ma main, elle, resta collée au fond du paquet jaune. Figée par la surprise, je lâchai la télécommande. Je devais avoir la berlue. Parce que ce que je voyais, là, dans ma télé, c'était complètement dingue.

CHAPITRE IV

Il me fallut plus d'une minute pour comprendre ce que j'avais sous les yeux. Et surtout, qui j'avais sous les yeux.

Sur mon écran de télévision, le maître de cérémonie d'une émission remuait en tous sens en lançant des « ça va ? », des « carrément » et des « c'est *too much* ». Au bout d'une brève allocution, s'était affichée une guirlande d'hommes jeunes et de filles très sophistiquées. Sept garçons, sept femmes. Ils s'apprêtaient à s'enfermer pour trois mois dans une maison pour vivre, disaient-ils, « une aventure humaine hors du commun ». Filmés vingt-quatre heures sur vingt-quatre, et dans quasiment toutes les pièces d'une villa somptueuse, ces inconnus allaient devoir cohabiter pour le plus grand plaisir des téléspectateurs. Le but de la manœuvre : résister aux éliminations des téléspectateurs d'une semaine à l'autre et ce, jusqu'à la finale, pour gagner, au choix, un contrat dans une agence de mannequins ou 100 000 €. Chaque jour, les candidats seraient soumis à diverses épreuves insolites qui leur permettraient de gagner une semaine d'immunité.

D'abord, je vis son visage. Aussitôt, mon cœur bondit dans ma poitrine. Ma raison me commanda illico de me détendre : *Voyons, c'est pas sérieux Gaëlle, t'es complètement obnubilée ma parole, tu vois ce mec partout ! Et puis, les sosies, ça existe, non ?*

Comme s'il m'avait entendue, le présentateur prononça le prénom des postulants à La Maison. Ludivine, Terence, Sandra, Gabin… Totalement abasourdie, la bouche grande ouverte, je n'entendis aucun des autres prénoms. Gabin ! MON Gabin ! Je n'en revenais pas. Il était là, devant moi, souriant face aux caméras.

« Bah merde alors ! »ne pus-je m'empêcher de m'exclamer tout haut.

Le micro de l'animateur aux allures de DJ de mariage passait de main en main tandis qu'un sablier géant s'écoulait. Chaque candidat bénéficiait de trois minutes, pas une seconde de plus, pour se présenter au public. À l'issue de ces préliminaires, les téléspectateurs étaient invités à voter pour éliminer le candidat qu'il ne souhaitait pas voir poursuivre l'émission et qui serait donc remercié dès l'issue de ce premier *prime*.

Tout s'expliquait. S'il ne m'avait pas appelée, c'est qu'il n'avait pas pu le faire. Il avait dû être sacrément occupé depuis notre rencontre. Vous imaginez bien que rentrer dans un jeu télévisé pour les trois mois suivants requiert un minimum de préparation. Comment aurait-il pu en être autrement ? Et puis, il ne voulait pas que je souffre de sa longue absence, c'était évident. J'étais aux anges. Sans compter qu'il était plus beau que dans mes souvenirs, sa voix plus charmante encore que celle qui résonnait parfois dans ma tête. Son visage irradiait. Il paraissait tout à fait à son aise sur ce plateau de télévision : il donnait l'impression d'avoir été conçu pour être sous les feux de la rampe. D'ailleurs, je n'étais pas la seule à être subjuguée par lui. La Sandra, assise à sa droite, lui lançait des œillades équivoques qui me hérissaient. Mais je n'en voulais pas à Gabin, ce n'était pas sa faute s'il plaisait aux filles. J'étais même assez flattée qu'il m'ait choisie, moi, parmi toutes les jolies nanas qu'il devait croiser.

Enfin, le ciel s'éclaircissait. Quoique… Le dos tendu sur mon sofa, les cuisses recouvertes d'un plaid lui-même recouvert de M&M's, je balançais entre deux opinions discordantes. La première me faisait dire que cette émission était une chance formidable pour Gabin de montrer à la Terre entière qui il était vraiment – vu que moi, je savais quel homme magique il était dans la vraie vie : il fallait absolument qu'il rentre dans La Maison. La seconde était, quant à elle, moins enthousiasmante : s'il n'était pas éliminé ce soir, il me faudrait alors attendre longtemps avant de le revoir. Et puis, avec toutes ces filles splendides et court-vêtues qui n'allaient pas manquer de lui tourner autour, je m'attendais à vivre quelques nuits blanches. Devais-je voter contre lui ou pour lui ? Il me fut impossible de trancher et je restai scotchée les bras ballants devant mon écran.

Au bout de deux heures, une bande son de battements cardiaques annonça l'imminence du verdict. Je rebondis à chaque nouvelle pulsation, suspendue aux gestes de l'animateur qui avait cessé de gesticuler pour l'occasion. À présent, le petit nerveux arborait une mine grave. Il s'empara solennellement de l'enveloppe que lui tendait Maître Machintruc.

Bouboum – Bouboum – Bouboum

Il la déchira et jeta le bout de papier d'un grand geste de la main. La languette voleta un moment avant d'atterrir sur le sol brillant.

Bouboum – Bouboum – Bouboum

Il extirpa la carte à l'effigie de l'émission qui se trouvait à l'intérieur, la lut, la remit à sa place et fixa la caméra d'un air à la fois inspiré et navré.

Bouboum – Bouboum – Bouboum

Les battements, en fond sonore, s'accélérèrent pendant que, sur le plateau, le silence s'intensifiait. Des plans serrés montraient tour à tour les minois crispés des candidats et les mines tendues de certains membres du public. La tension était à son comble.

Bouboum – Bouboum – Bouboum – Bouboum – Bouboum

L'animateur prit une grande inspiration.

Bouboum – Bouboum – Bouboum – Bouboum – Bouboum

« Vous avez été très nombreux à voter et vous serez encore plus nombreux la semaine prochaine. Mais l'un de nos candidats n'a pas su vous convaincre ce soir. Il n'aura pas la chance de vivre un autre *prime*. Et ce candidat, c'eeeeeeeeeest… »

Bouboum – Bouboum – Bouboum – Bouboum – Bouboum

« Gaaaaaaaaaaa… »

Une envie folle de secouer ce présentateur pour qu'il accélère m'étreignit. *Allez, accouche bon sang !*

« …ston ! Eh oui, public adoré, c'est Gaston qui nous quitte ce soir ! »

Je respirai, à la fois déçue de ne pas pouvoir retrouver Gabin en vrai, mais rassurée de voir qu'il continuait l'aventure.

Pendant que des salves d'acclamations et d'applaudissements retentissaient, les candidats s'étaient levés de concert pour étreindre le dénommé Gaston, et le petit présentateur nerveux reprit ses habitudes et brailla au-dessus de la mêlée :

« C'est *too much* ici ! Carrément la folie sur ce plateau ! »

Le bonheur de mon Gabin faisait plaisir à voir. Je me réjouissais pour lui. Je ne perdis pas une miette de la suite de l'émission, au cours de laquelle j'assistai à l'entrée dans La Maison et à sa découverte par les candidats, qui s'enthousiasmaient dès qu'ils découvraient une nouvelle pièce. De ce qu'on nous donnait à voir, La Maison était gigantesque et regorgeait de pièces décorées façon dernières tendances. Elle comportait cinq chambres : une chambre pour l'ensemble des filles, une autre pour l'ensemble des garçons et trois autres, doubles, pour les couples éventuels. Ces dernières étaient appelées des *love room* et étaient munies de caméras infrarouges. Lorsque la *voix off* présenta ces dernières salles, elle insista sur le fait que certaines des épreuves consisteraient, pour les habitants, à y passer une ou plusieurs nuits, accompagnés, bien sûr. En d'autres circonstances, le concept m'aurait amusée. J'aurais sans doute trouvé ça débile, mais je n'aurais certainement pas pu m'empêcher de suivre les rapprochements des couples. Ces émissions-là sont comme une drogue. On sait que c'est mauvais, que ça n'a aucune utilité, pourtant on regarde quand même avec une intensité dont on se sent honteux après coup. En d'autres circonstances, oui, j'aurais trouvé ça rigolo. Pas cette fois. Pire, j'étais même outrée qu'on puisse forcer deux personnes à dormir ensemble. Il en fallait une bonne dose de cynisme, à ces producteurs de téléréalité, pour imposer de pareilles âneries à des candidats en mal de notoriété !

Évidemment, les jours qui suivirent me virent collée à mes écrans. Je devais être la plus assidue des téléspectatrices. Je ne manquais ni les quotidiennes, que je regardais en *replay* sur mon téléphone ou mon ordinateur après le travail, ni les *prime* du vendredi soir. Affalée sur mon canapé, je n'avais d'yeux que pour Gabin. Le voir ainsi évoluer était un cadeau inestimable. Chaque émission venait confirmer la première impression que m'avait faite cet homme : il était tout simplement divin. Je pouvais, à l'avance, deviner sa façon de réagir et les mots qu'il allait prononcer. Lui et moi étions, en quelque sorte, connectés. J'en étais intimement sûre.

À des dizaines de kilomètres l'un de l'autre, lui, enfermé dans un studio, et moi, assise au milieu de mon salon, nous étions en osmose. Quand il était heureux, je vibrais avec lui… Quand il était énervé, je prenais sa défense à voix haute, au grand étonnement du chat de mon voisin, que je retrouvais parfois agrippé à la rambarde de ma fenêtre et qui me scrutait de ses yeux écarquillés… Quand Gabin avait un coup de blues, je m'imaginais le consoler et m'efforçais de lui envoyer des ondes positives par le biais d'une télépathie qui ne faisait, pour moi tout du moins, aucun doute. Bien sûr, je n'avais pas la chaleur de ses bras. Mais le fait de le voir tous les jours me donnait l'impression de faire partie de sa vie. Car lui, faisait assurément partie de la mienne. De temps en temps, je surprenais son regard vers une caméra. J'aurais mis ma main à couper que c'étaient des signes qu'il m'envoyait. D'ailleurs, j'avais hâte de le voir sortir pour pouvoir échanger sur cette drôle de communion qui semblait relier nos deux âmes et qui nous dépassait. Nous étions faits l'un pour l'autre, et ce constat se renforçait jour après jour.

Bref, tout aurait pu être parfait, si ce n'était la présence de ces pimbêches au regard vide mais à la poitrine opulente qui polluaient notre histoire. Gabin était très bel homme, il était donc normal que des filles lui tournent autour. Mais là, c'était trop. Ces nanas étaient très belles : talons hauts pour allonger des jambes gainées, silhouette irréprochable moulée dans des vêtements terribles, maquillage sans défaut sur une peau de rêve, yeux de biche relevés par un mascara surpuissant. Certes, elles ne brillaient pas par la pertinence de leur conversation, mais elles possédaient tout ce que je ne possédais pas : elles savaient poser leur eye-liner alors que j'étais forcée de m'y reprendre à dix fois pour obtenir un trait qui, malgré tous mes efforts, gardait des allures d'électrocardiogramme ; elles avaient des cheveux soyeux quand, moi, je me battais avec un vilain crin terne et cassant ; leurs habits les mettaient en valeur tandis que les miens me boudinaient affreusement et me donnaient l'air d'une pauvre fille ; elles virevoltaient dans des chaussures invraisemblables alors que je ne parvenais à marcher qu'en baskets. Bref, elles étaient ce genre de fille que je ne serais jamais.

Pour le moment et à mon plus grand bonheur, Gabin ne paraissait pas réceptif aux tentatives de ces sorcières déguisées en fées. Mais, au fil du temps, je craignais que le manque de contact avec l'extérieur – oserais-je ajouter le manque de moi –, finisse par avoir raison de son attitude de gentleman.

Je n'étais pas dupe : je me doutais que pour booster l'audimat, les filles avaient été choisies pour leur capacité à aguicher des garçons qui s'avéraient tous, à l'exception de mon Gabin – ouf – relativement volages.

C'était du cinéma, de la comédie, tout cela n'était pas sérieux.

Les semaines s'écoulèrent. Gabin ne sortait pas de La Maison. S'il n'avait manifestement cédé à aucune avance, je ne pouvais pour autant pas m'empêcher d'être de plus en plus inquiète. Certaines fois, une lucidité lumineuse m'étranglait : cette relation, que je vivais à distance et seule dans mon coin, était-elle vraiment destinée à se concrétiser un jour ? Et si je m'étais trompée sur toute la ligne ? Si, ce que je prenais pour une connexion transcendante, n'était qu'une suite de coïncidences ? Puis, par un mécanisme étrange, mes peurs étaient rapidement chassées par une poussée d'espoir dénuée de toute logique. Aussi, je balançais en permanence entre ces deux états. Mon moral ressemblait à des montagnes russes. Au fil du temps, cependant, le désespoir gagna tout à fait la partie.

Mon cafard grossissait. Outre mon idylle fantasmée avec Gabin, désormais star de téléréalité, mon avenir professionnel ne se présentait pas sous les meilleurs auspices. Personne ne m'avait rappelée, aucun rédacteur, aucun directeur de publication, aucun responsable des ressources humaines, même pas un stagiaire, en dépit des candidatures que je ne cessais d'envoyer. Qu'ils étaient loin, mes rêves de journalisme glamour ou d'investigation. Moi, je ne mangeais pas de petits fours aux soirées branchouilles parisiennes. Non, moi, je les vendais. Et j'avais peur d'en vendre toute ma vie.

Je ne peux pas dire que j'étais malheureuse à la boulangerie. Estelle et moi nous entendions très bien et de nombreux fous rires parsemaient nos journées. De plus, je m'étais familiarisée avec les clients réguliers du magasin et je me surprenais à les attendre et à m'inquiéter lorsque je ne les voyais pas arriver aux horaires habituels. Je me pris notamment d'amitié pour le vieux monsieur au chapeau, avec sa canne, son café et son mini pain au chocolat qu'il préférait un peu cuit. Estelle m'apprit qu'il s'appelait M. Sylvestre et qu'il habitait non loin de là, dans un des immeubles situés en face de la boutique.

M. Sylvestre était un homme élégant, tiré à quatre épingles. À soixante-dix ans passés, il était toujours souriant et il s'amusait à flirter avec ses « petites fleurs » comme il aimait nous appeler. Lorsqu'il pénétrait chez Milard et Compagnie, il lançait invariablement à la cantonade : « Bonjour mes petites fleurs ! » et son visage ridé s'illuminait devant nos figures gênées, mais heureuses de le retrouver. Il avait toujours un petit mot gentil : il disait que nous étions belles comme la rosée du matin, que nos mains avaient la douceur des lendemains de fête et que, quand il entrait dans la boulangerie, c'était le printemps qui l'accueillait, même en plein mois de novembre. Il était comme ça, M. Sylvestre. Jour après jour, il apportait cette petite touche de grâce et de bonne humeur dans la pâleur de mon ennui.

De même, je m'habituais à la présence quotidienne de l'équipe de *Toi magazine*, et à son rédacteur en chef, un type bedonnant qui faisait la queue en parlant et en riant plus fort que les autres. Il ne mangeait que des quiches lorraines, qu'il achetait par trois ou quatre et qu'il dévorait sur place, ou bien qu'il fallait emballer dans un « carton solide avec une petite poignée », comme il nous le rappelait à chaque fois. Quand nous le voyions arriver, Estelle et moi nous lancions dans des paris sur la couleur de sa chemise. Il semblait se fournir chez les revendeurs les plus improbables, tant les motifs de ses chemises étaient incomparables. Je n'avais jamais vu autant de couleurs, autant de carreaux, autant de lignes sur un seul vêtement. Tant de créativité dans la laideur, c'était époustouflant !

Mais ces moments de bonne humeur ne duraient jamais et ne me faisaient pas oublier que j'avais tout raté. Chaque soir, je sortais de mon travail et m'éloignais d'Estelle pour embarquer avec moi ma sempiternelle mélancolie.

Je ne parlais jamais de mes états d'âme à mon grand Papa ou à ma grand-mère Marie, laquelle s'étonnait à chaque fois, d'ailleurs, qu'on ne m'ait pas encore subtilisé mon téléphone. Quant à Justine, ne voulant pas paraître une pauvre fille à ses yeux, je m'abstenais de lui révéler la teneur de mon découragement. Quitte à mentir un peu, je préférais lui en mettre plein la vue sur ma vie à la capitale – par mail exclusivement, car elle ne décrochait jamais à mes appels, et ne me rappelait pas, son forfait étant ratiboisé dès les tout premiers jours du mois. La seule personne que je connaissais, avec laquelle j'avais osé aborder le sujet, était ma Jojo. Je lui avais écrit une lettre. Oh, je ne lui avais pas raconté grand-chose : je lui avais juste expliqué que j'avais rencontré un garçon, que je le voyais tous les jours – ce qui n'était pas faux – et que je m'interrogeais sur l'avenir de notre relation. Je lui avais également fait part de quelques craintes – que j'avais, bien sûr, amoindries pour ne pas l'effrayer sur ma situation – quant à ma carrière de journaliste. Fidèle à elle-même, ma Jojo m'adressa en retour une petite carte d'encouragement sur laquelle elle avait vaporisé quelques gouttes de son parfum, un mélange de vanille et de violette, qui me fit pleurer, seule sur mon canapé, devant l'émission de téléréalité, l'estomac noué et alourdi de M&M's.

La vérité, c'est que j'avais le mal du pays. J'étais loin de tout le monde et, le soir, je me sentais affreusement seule. J'avais tellement besoin de parler, que je me surpris une fois à parler à haute voix à ce chanteur que je croisais toujours à la station Saint-Lazare. Sa voix me transportait tellement, ses chansons résonnaient si fort en moi que je devais lutter pour ne pas éclater en sanglots dans ce lieu public. De quoi aurais-je eu l'air ? Alors, en cette soirée froide, pour exorciser ma solitude, je parlai toute seule, à quelques mètres du chanteur aux intonations éraillées et jetai tout ce que j'avais sur le cœur, à tout le monde et à personne à la fois.

C'est ce soir-là que je découvris un mot écrit à la va-vite coincé sous ma porte :

« J'ai un colis pour vous. Passez à la loge après votre travail, je vous ouvrirai. Mme Michelet »

Un colis ? Je n'attendais pourtant rien. Curieuse, je descendis les marches quatre à quatre et toquai à la porte de la loge, fermée à cette heure. Mme Michelet m'ouvrit comme promis, en bigoudis et vêtue d'une robe de chambre. Derrière elle, un torchon recouvrait la cage des canaris qui devaient dormir.

— Ah oui ! constata-telle avant de se baisser pour attraper un carton grand comme un dictionnaire de poche. Tenez, ça rentrait pas dans vot'boîte aux lettres.

Je la remerciai.

— Tout va bien pour vous ? s'enquit-elle avant de fermer la porte.

— Oui, tout va parfaitement bien, merci. J'y vais, j'ai un rendez-vous, éludai-je, pressée de remonter, de découvrir l'expéditeur de ce colis et, surtout, inquiète de louper le début du *prime* de La Maison.

CHAPITRE V

Je remontai au pas de course et saisis la télécommande pour allumer le téléviseur à la bonne chaîne. Je le laissai tourner en fond pendant que je m'occupais de mon colis.

L'emballage brun ne contenait aucune indication sur celui qui m'avait envoyé ce petit paquet. Je déchirai le papier kraft qu'on avait plié avec soin et découvris à l'intérieur une boîte en fer à l'effigie de galettes bretonnes. Je reconnus immédiatement la patte de mon arrière-grand-mère.

Ah, ma Jojo adorée ! Elle avait toujours eu la faculté de sentir quand j'avais besoin d'elle. Et aujourd'hui ne dérogeait pas à la règle : moi, dont le moral se situait justement bien en-deçà du niveau de la mer, je recevais un cadeau de ma précieuse aïeule. Rien, ce soir-là, n'aurait pu me mettre plus de baume au cœur.

Un morceau de tissu tapissait le fond en aluminium. C'était un foulard en crêpe bleue que ma Jojo avait l'habitude de porter lorsque j'étais petite. Au milieu de ce carré d'étoffe trônait une sorte de fiole. Il s'agissait d'un petit flacon cuivré, visiblement ancien, fermé par un bouchon en métal. Par endroits, la couleur s'était effritée. Dans la bouteille quasi opaque, je discernai avec difficulté un liquide épais. Ce devait être de l'eau de toilette. Jojo savait que j'étais sensible aux odeurs et que son parfum me rassurait. Sans doute avait-elle voulu faire en sorte que je me sente moins seule dans cette capitale grise, que même les guirlandes lumineuses de Noël ne parvenaient pas à égayer.

En tenant et en retournant la fiole dans ma main, je m'aperçus qu'un des côtés était transparent et qu'une espèce de graduation de un jusqu'à huit y avait été gravée. Cela ne m'étonna pas plus que ça : Jojo était adepte de la récupération : elle ne jetait rien et avait coutume de rappeler que tous les objets étaient à usage multiple. Qui sait ce qu'avait pu contenir cet antique objet avant d'accueillir la fragrance de ma Jojo... Chouchen ? Sirop à base de plantes ?

Pendant ce temps, sur ma télévision, défilait une bande-annonce pour une obscure série américaine dont le premier épisode serait diffusé le lendemain, en exclusivité sur cette chaîne.

Je dévissai le bouchon et fus surprise de constater qu'il se terminait en une fragile pipette. Je l'approchai de mon nez, mes narines frétillant déjà à l'idée de retrouver le délicat parfum de vanille et de violette. Mais ce que je sentis n'avait rien à voir : à la place de l'effluve fleurie et sucrée, s'échappa une odeur de pourriture végétale. Beurk. La puanteur était telle que je réprimai un haut-le-cœur et, avec lui, les larmes de frustration qui menaçaient d'inonder mon visage. Rendez-vous compte : ma vie était si ratée que même les parfums qu'on m'envoyait tournaient avant de me parvenir. Quelle ironie ! Mon existence était à l'image de cette essence frelatée, pleine de promesses en apparence, complètement putride et faisandée en réalité. C'était un fait. Et même ma Jojo ne pouvait pas lutter contre ça.

Tout à coup, le générique de La Maison démarra. Je rebouchai dare-dare le flacon que je remis à sa place, dans la boîte en fer, au milieu du bout de tissu bleu, avant de poser le tout par terre, près du canapé et de l'oublier tout à fait. Toute mon attention se portait désormais sur Gabin que j'espérais voir sortir. Avec un peu de chance, peut-être…

Ah ça, je vis Gabin. Et cette Sandra, aussi, qui se déhanchait avec lui lors d'un concours de danse en couple, organisé par la production sadique. Je vis surtout les yeux que cette vipère posait sur lui et la façon qu'elle avait de se frotter contre son torse. À lui, je ne pouvais rien reprocher : il se tenait à une distance respectueuse, n'avait pas un geste déplacé. Ce n'est pas en lui que je n'avais pas confiance – puisqu'il pensait à moi –, mais en elle, et en toutes celles qui complotaient pour passer la nuit dans une de ces *love room* avec lui. La débauche de ces filles m'insupportait, tout comme leur manière d'être irrésistibles. Comment allais-je lutter face à telles créatures ? Je ne disposais pas des mêmes armes. L'idée que Gabin puisse céder à leurs avances un de ces quatre me dégoûtait. J'étais jalouse. Et triste comme une épave. Le sommeil, bien sûr, se refusa à moi, préférant me voir ruminer.

Le lendemain, à la boulangerie, c'est une Estelle cernée et bien moins débonnaire que d'ordinaire qui m'accueillit. La mine défaite, elle était vêtue d'un pull large et d'un pantalon de survêtement. Son maquillage, impuissant à résister à l'assaut répété de ses pleurs frénétiques, s'était étalé en une traînée noirâtre. À plusieurs reprises, je lui demandai ce qui n'allait pas. Mais au moment de répondre, prise de sanglots, elle s'échappait invariablement dans l'arrière-boutique, pour attraper un mouchoir dans lequel enfouir son chagrin.

Je dois avouer que, piégée dans ma propre peine, ma capacité d'empathie n'était pas au mieux de sa forme. Si je plaignais Estelle qui, manifestement, rencontrait de réels problèmes, je n'approuvais pas cette manière théâtrale de se mettre en scène. Est-ce que je pleurais, moi, pendant le travail, hein ?

Sans le rire communicatif de ma collègue et ses ragots dingues, chaque heure, entrecoupée régulièrement de reniflements douloureux, me parut durer un siècle. À la fin de la journée, alors que je passais la raclette sur le carrelage de la boutique et qu'Estelle comptait les pâtisseries invendues, elle se confia à moi :

— Je suis désolée d'avoir été comme ça aussi longtemps. Merci d'avoir pris le relais.

Je posai la raclette contre la vitre.

— T'inquiète, ça arrive à tout le monde, fis-je pour la déculpabiliser alors que mon agacement était sûrement palpable. On traverse tous des moments difficiles…

Elle me sourit discrètement. Brusquement, des spasmes frénétiques secouèrent ses épaules.

— Oh pardon, s'excusa-t-elle, je suis… désolée…

Mon exaspération craquela devant sa douleur. Je m'approchai d'elle et posai ma main sur son avant-bras.

— Si tu as envie de parler, je suis là…

Ce qu'elle fit. Pendant plus d'un quart d'heure, elle m'expliqua sa situation financière déplorable. La responsable de la boutique était dévorée de crédits et la banque menaçait de lui retirer son chéquier. Pire, elle voyait pendre devant le bout de son nez l'interdiction bancaire. À plusieurs reprises, aujourd'hui, le Crédit Mutuel avait tenté de la joindre. Mais elle n'osait plus répondre au téléphone par peur d'une mauvaise nouvelle et par crainte qu'on l'informât d'un nouveau dépassement de découvert.

— Attends un peu... Là, en début de mois, ton salaire va retomber, tentai-je. Tu vas pouvoir repartir à zéro.

— Tu ne comprends pas ! Ce que je gagne ne sert qu'à rembourser mon découvert. Il me reste une centaine d'euros au final.

À ces mots, elle extirpa une dentelle de mouchoirs usagés de sa poche de tablier et se moucha bruyamment. Elle était inconsolable.

— Et tes parents ? Ils peuvent peut-être te faire un virement ? Tu leur as demandé ?

— Tu parles ! Mon père est en longue maladie depuis un an. Ils ne vivent que sur le salaire de ma mère qui risque de perdre son boulot. C'est vraiment la dèche. En plus, je viens de m'apercevoir que mon copain a quelqu'un d'autre.

Et ses sanglots reprirent de plus belle. Mal à l'aise et peinée, je frottai son bras.

— Voyons, je suis sûre que ça va s'arranger. Le patron pourrait t'aider...

— À tuer la fille qui me pique mon mec ? lança-t-elle, malicieuse, dans une grimace chagrine.

Estelle retrouvait le sens de l'humour, c'était plutôt bon signe.

— Mais non, t'es bête… Je parlais d'une avance sur salaire, c'est envisageable non ? Ça te remettrait à flot, le temps de trouver une solution.

— Ouais, bof, je sais pas trop…

Quand je quittai Estelle, j'étais mortifiée. La pauvre… Elle travaillait comme une damnée, faisait des horaires impossibles, pour, au final, se retrouver sans argent. Mais comment aurais-je pu l'aider, moi qui, déjà, avais un peu de mal à joindre les deux bouts avec mes vingt-cinq heures par semaine dont le salaire me permettait tout juste de payer mon loyer ? Quant à son copain, c'était prévisible. Depuis quelques semaines, avec tout ce qu'elle me racontait, je m'étonnais qu'elle reste avec lui : il était évident qu'il la faisait tourner en bourrique. Mais allez faire comprendre ça à une femme amoureuse. N'empêche, j'étais triste pour elle. Sans compter que, par effet miroir, je ne pouvais étouffer la petite voix au fond de ma tête qui me chuchotait que, peut-être, Gabin m'avait trompée un peu plus tôt, ce que je ne pourrais vérifier qu'en me jetant sur le *replay* de la quotidienne dès mon retour chez moi.

En déambulant dans la rue, je m'interrogeai : peut-on être lasse d'être triste ? Car je me sentais fatiguée, fourbue de ces aventures que je n'expérimentais pas, de ce travail tant espéré que je ne trouvais pas, de cette histoire d'amour que je vivais par procuration et de ce monde si peu enclin à récompenser les gens aimables, comme Estelle qui en faisait actuellement les frais. J'avais l'impression désagréable de tourner en rond et d'être enfermée dans une boîte qui m'asphyxiait.

Je regardai les gens qui passaient à côté de moi. Pour eux, j'étais transparente, à peine un fantôme. Ils étaient souvent à deux, parfois à trois. Ils marchaient de concert, ils riaient, ils discutaient, et moi, j'étais là, seule entre tous, à tenter de grappiller un peu de leurs échanges pour imaginer leur existence. Ma Bretagne me manquait. Ma vie d'avant me manquait. Mon père, ma Jojo, ma Justine, ma grand-mère paranoïaque. J'étais même nostalgique de la pizzeria, avec ses effluves de graillon et ses assiettes si chaudes qu'elles vous brûlaient le bout des doigts. Six semaines passées à Paris avaient suffi à rendre mon passé fantastique : moi qui avais tout fait pour partir, je crevais à présent d'envie d'y retourner. Mais je me l'interdisais. Je ne pouvais pas m'avouer vaincue et je refusais de décevoir ceux qui comptaient pour moi. En ce début du mois de décembre, les rues s'éclairaient à la perspective de Noël, ajoutant encore à mon désarroi. J'étais une exilée, séparée de son pays par cinq heures de train. C'était peu, et beaucoup à la fois.

Au bout de trois minutes passées à errer dans les travées du métro, la voix du chanteur résonna au croisement habituel. Des badauds s'étaient massés autour de lui dès les premiers accords d'une reprise d'Alain Souchon, *C'est déjà ça*. Cette chanson, je l'avais entendue auparavant. Je me souviens l'avoir trouvée belle, à l'époque, sans plus. Mais ce jour-là, les paroles résonnèrent en moi avec une force troublante.

Je sais bien que, rue d'Belleville
Rien n'est fait pour moi,
Mais je suis dans une belle ville,
C'est déjà ça.

Si loin de mes antilopes,
Je marche tout bas.
Marcher dans une ville d'Europe,
C'est déjà ça…

Bien sûr, je ne pouvais décemment pas me comparer à ces réfugiés forcés de quitter leur foyer à cause de la guerre ou pour des raisons politiques, mais j'avais la sensation de pouvoir comprendre leur douleur. Désormais, je savais ce que signifiait être loin de chez soi, dans une ville où personne ne vous réclame.

Je restai à distance du groupe qui s'était formé autour du chanteur. Ce dernier, littéralement habité par les paroles, gardait les paupières closes, sans doute inconscient de l'effet qu'il produisait sur son auditoire éphémère. Car bientôt, les uns et les autres fermeraient cette parenthèse et partiraient attraper leur métro qui les éloignerait de ce moment de grâce. En attendant, le public était conquis par les envolées tout en retenue du jeune artiste. Il n'avait pas besoin d'en faire des caisses, tout son être respirait l'histoire qu'il nous racontait. Ceci acheva de briser mes dernières défenses. Je m'assis là, à deux mètres, fermai les yeux et, bercée par la musique, commençai à marmonner mes états d'âme dans le vide. J'en avais si gros sur le cœur que j'avais besoin de parler, de me confier, sans craindre d'être jugée : en vrac, « T'as qu'à rentrer », « Quelle idée d'avoir quitté ton chez toi », « C'est bien fait pour toi, t'as cru quoi ? Ça t'apprendra à être prétentieuse ! ». C'était une question de survie. Le mieux était encore de parler aux murs. Je me fichais bien de ce que les passants allaient penser d'une fille en pleurs qui parlait toute seule. Au pire, je passerais pour une folle. Au mieux, cela m'apporterait un peu de réconfort. Et c'est exactement ce qui arriva : à la fin de la chanson, après avoir vidé mon sac, je me sentis mieux. Personne ne m'avait écoutée, on ne m'avait pas consolée, mais j'avais pu exprimer l'ampleur de ma peine. Et tant pis, si seul le sol du métro y avait été attentif.

Enfin, j'arrivai chez moi, flanquée d'une douloureuse migraine. Les larmes devaient y être pour quelque chose, tout comme l'épuisement que je trimballais. Je jetai mon sac à main sur le canapé, ôtai mon manteau, et me rendis dans la salle de bain pour prendre une douche. J'en sortis, vêtue d'une simple culotte en coton et d'un débardeur. Je plaçai un plat congelé au micro-ondes, attendis qu'il soit chaud et m'engouffrai sous le plaid du sofa, le plat et la fourchette à la main, prête à regarder le *replay* de la quotidienne et à suivre les aventures de Gabin. C'était là mon seul repère, mon unique échéance.

Au moment d'allumer mon ordinateur portable, mes yeux furent attirés vers la boîte que j'avais abandonnée là la veille. Portée par le besoin de tenter à nouveau de sentir le parfum rassérénant de ma Jojo, je posai mon repas sur la table basse devant moi et saisis le coffret en métal. Au lieu de m'attarder sur l'étrange flacon dont je savais qu'il ne recélait qu'un vieux parfum tourné, j'attrapai le morceau de tissu bleu qui lui servait de protection pour en respirer l'odeur. Lorsque je soulevai le foulard, une petite carte bristol jaunie, tachée et légèrement racornie, que je n'avais pas remarquée, s'en échappa et voleta un instant avant d'atterrir à mes pieds, sur le lino. Je la ramassai prestement, heureuse de découvrir le message que ma Jojo m'avait adressé.

Dans un rectangle enserré entre deux vagues d'encre noire, dansait une écriture soignée, faite de pleins et de déliés. Les lettres avaient été tracées à la plume. Malgré l'état déplorable de la carte, le rendu était si joli qu'on aurait pu croire à un exercice de calligraphie. Le mot qui me vint à l'esprit fut « vieux ». Cette carte paraissait très ancienne et il m'était difficile d'imaginer qu'elle ait pu être écrite une ou deux semaines seulement auparavant. D'ailleurs, je ne reconnaissais pas l'écriture de ma Jojo, qui s'exprimait d'ordinaire en pattes de mouche. Le contenu du message acheva de m'étonner :

« Pour se découvrir, il faut parfois se cacher. Une seule goutte sur la langue multiplie par huit les possibilités. »

Je haussai les épaules : qu'est-ce que c'était que ça ? Qu'est-ce que tout cela pouvait bien vouloir dire ? Fallait-il vraiment que j'avale le liquide nauséabond de cette bouteille vétuste ? Ma Jojo avait-elle dans l'idée de m'empoisonner ? C'était n'importe quoi. Et puis, que signifiait « Pour se découvrir, il faut parfois se cacher » ?

J'étais familière des extravagances de mon arrière-grand-mère mais là, pour le coup, cet envoi me laissait dubitative. Qu'étais-je censée faire de cette chose et de ce message ? Bon, qu'avais-je à perdre en même temps ? Mon arrière-grand-mère m'avait-elle déjà tendu un piège ? Non, au contraire, elle m'avait toujours été d'une aide précieuse, en toutes circonstances. Moi qui avais voulu m'émanciper, avais-je encore l'âge pour les enfantillages de mon aïeule ? Après tout, une goutte, personne n'en saurait jamais rien. Cela ne m'engageait à rien, ça ne mangeait pas de pain comme disait Mamie Marie, et cela aurait au moins le mérite de faire plaisir à ma Jojo.

« Alors, tu l'as goûtée, ma potion ? ne manquerait-elle pas de me demander la prochaine fois que je la verrais. Elle est bonne pas vrai ? »

Je pris le flacon et dévissai le bouchon. L'odeur exhalée par ce liquide me rebutait. Elle me paraissait même plus forte que la première fois. Mettre ça sur ma langue, pfff, je ferais mieux d'en vider un peu dans l'évier…

Je tirai pourtant la langue où je fis couler une gouttelette, en me bouchant le nez. Le goût était à la mesure de la puanteur. Il m'est difficile de décrire exactement ce truc, mais prenez un rat mort, ajoutez-y de la pomme pourrie ainsi qu'une bonne grosse dose de sel, et vous obtiendrez quelque chose d'approchant.

J'attendis plusieurs secondes, une minute tout au plus. Rien ne se produisit, mis à part ma migraine qui sembla s'atténuer un peu. Ma Jojo avait donc réussi à fabriquer une décoction contre le mal de crâne. C'était cool. Aucun rapport avec le message, mais c'était cool. Celui-là devait s'être glissé dans le paquet par erreur, je ne voyais aucune autre explication. Dès que j'en aurai l'occasion, je dirai à ma Jojo que sa potion fonctionne, elle en sera contente.

Je remis le flacon dans la boîte et m'installai confortablement devant l'ordinateur, sous le plaid, ravie de ne plus être entravée par cette douleur lancinante dans ma tête. Je me connectai au site de La Maison, cliquai sur le lien du *replay* et dévorai mon plat machinalement, les yeux rivés sur Gabin qui se mouvait sur mon écran, aux côtés de cette fichue Sandra. J'étais littéralement hypnotisée par mon ordinateur, ne perdant pas une miette de mon prince charmant.

Au bout de trente minutes environ, une coupure publicitaire interrompit la rediffusion du programme. Vous savez, ce genre de coupure obligatoire qu'il vous est impossible de passer ou de mettre en avance rapide sans bloquer le reste de l'émission. Je pris mon mal en patience, non sans soupirer. D'ailleurs, une envie pressante me titillait. Je me levai instinctivement, sans prendre garde aux restes de mon repas. Et passai devant ma fenêtre pour me rendre aux toilettes.

Là, je me figeai. Dans le reflet de la vitre, une culotte et un débardeur semblaient flotter. MA culotte, MON débardeur volaient au milieu du reflet de mon salon. Je fermai les yeux, les rouvris aussi sec dans l'espoir que l'hallucination disparaisse. Mais rien ne changea. Je clignai des paupières, paniquée. Un, deux, trois. Rien, mes vêtements, droits comme des i, me narguaient toujours, juste à côté du chat du voisin qui, depuis la rambarde extérieure, me fixait étrangement. Quel champignon ma Jojo m'avait-elle refilé ?

CHAPITRE VI

Je m'approchai de la vitre. Le chat, dehors, détala, apeuré. C'était fou. Si les vêtements que je portais se réfléchissaient bien, il n'en était pas de même pour moi. Car je ne me voyais pas dans l'encadrement de la fenêtre. J'avais, comme qui dirait, disparue. C'était comme si… mes habits étaient soudain doués de vie et avaient la capacité de bouger seuls. Mue par un réflexe soudain, je baissai les yeux sur mes pieds. Mon cœur s'emballa. À la place de mes jambes, il n'y avait plus rien. Idem pour mes mains, mes bras, mon ventre. Tout mon corps semblait s'être fait la malle. Pourtant, je sentais encore la présence de ma peau, de mes membres, de mon visage. Je levai un pied. Il se levait, c'était sûr, je le sentais au bout de ma cheville. Mais je ne le voyais pas. Comme je ne voyais ni mes mollets, ni mes genoux, ni mes cuisses. J'avais disparu ! J'étais là sans être là. C'était à la fois stupéfiant et effrayant !

J'avançais et le reflet de mon débardeur et de ma culotte se rapprochait. Je marchais à reculons, leur reflet reculait d'autant. Je sautais, mes habits rebondissaient. Je dansais, ils virevoltaient en cadence sur la vitre.

Je courus dans la salle de bain, pressai l'interrupteur et me plaçai devant mon miroir en pied. Ce que je vis en pleine lumière, ou plutôt, ce que je ne vis pas, me laissa abasourdie. Comme dans la fenêtre, je ne percevais de moi que mes sous-vêtements, qui chaloupaient, dans l'air, bombés par des formes reconnaissables. Ma poitrine enflait mon haut, mes fesses donnaient de la courbe au bas, mais rien, à l'intérieur, ne paraissait justifier de telles protubérances. On aurait dit que le vent s'était engouffré dans mes habits pour les tendre comme une toile. Pourtant, en passant ma main, je sentais ma peau sous le tissu…

Lentement, j'enlevai mon débardeur. Je passai les bras entre les bretelles, le cou, et vis, dans le miroir, le tissu de mon vêtement s'extraire, tout seul, avant de tomber à terre, inerte. Idem pour ma culotte que j'ôtai avec précaution et dont le reflet me donnait à voir un bout de tissu pendu à rien du tout, tiré de part et d'autre le temps que dura l'action. Enfin, le morceau de coton blanc s'écrasa au sol, comme mort. Complètement nue, je contemplai mon miroir qui ne reflétait plus rien qu'une salle de bain vide et deux cadavres de fringues lamentables sur le sol. Je baissai à nouveau mon regard pour constater, encore, qu'en dépit de mes sensations – j'avais un peu froid, preuve que j'*existais* – je ne voyais plus une seule partie de mon corps. Je me trémoussai devant ma glace, dans l'espoir que le mouvement ramènerait ma conscience à la raison. Cela ne fonctionnant pas, je me mis à enchaîner une chorégraphie endiablée. Je me sentais ridicule, à me déhancher ainsi, nue comme un ver, dans la lumière trop forte de la petite pièce, mais cela apaisait un peu mon angoisse et mon impuissance devant ce *bad trip* qui s'annonçait.

J'avais, comme la plupart des jeunes de mon âge, déjà essayé de fumer tout un tas de trucs qui avaient eu sur moi des effets plus ou moins forts. Mais là, cela dépassait de loin tout ce que j'avais pu expérimenter auparavant. C'était même sans commune mesure. Carrément incroyable. Cela paraissait si réel. Comment une drogue pouvait-elle parvenir à faire croire à mon cerveau que j'étais invisible ? Ma Jojo était douée. Très douée.

Je ne me sentais pas mal : je n'avais pas le tournis, si ce n'est celui que m'avait procuré la valse en solitaire que je venais d'effectuer ; je n'étais pas nauséeuse ; je n'avais ni faim ni soif ; je n'avais pas de fourmis au bout de mes doigts ; pas de sentiment d'oppression. Mon esprit refusait juste de me voir. Cependant, quelque chose ne tournait pas rond dans cette histoire. Il n'était pas dans les habitudes de ma Jojo de me droguer sans raison valable. Elle me faisait avaler des drôles de pastilles verdâtres quand j'avais mal à la gorge, me tapissait le corps de baume aux herbes en récitant des psaumes quand je ressentais une douleur dans le dos ou ailleurs, me confiait des prières secrètes lorsque j'étais contrariée, en appelait aux esprits et me donnait à boire des potions peu ragoutantes pour que je réussisse un examen. Il y avait toujours une bonne raison. Mais me droguer dans l'unique volonté de m'assommer la tête ou de brouiller mes sens, non, ce n'était définitivement pas le genre de mon arrière-grand-mère. Mon père disait de plus en plus fréquemment que ma Jojo avait tendance à perdre la tête. D'ailleurs, j'avais surpris une conversation entre lui et ma grand-mère Marie au cours de laquelle ils se demandaient s'il était judicieux de la laisser continuer à habiter seule, dans cette grande maison en pierre, qui chauffait mal et qui était remplie d'escaliers et de pièces tordues. Jusqu'à présent, j'avais toujours trouvé qu'ils exagéraient, que mon arrière-grand-mère était certes différente, un peu fantasque, mais que cela ne justifiait en aucun cas qu'ils la placent dans une obscure maison de retraite. Avais-je eu tort ? Mon arrière-grand-mère était-elle en train de devenir sénile ? Je ne pouvais m'y résoudre. C'était tellement éloigné de ce que je connaissais d'elle. Ma Jojo. Non, ce ne pouvait pas être ça. J'avais confiance en elle, il devait y avoir autre chose.

Je repartis dans le salon, repris le message inscrit sur la vieille carte :

« Pour se découvrir, il faut parfois se cacher. Une seule goutte sur la langue multiplie par huit les possibilités. »

« Il faut parfois se cacher. » Ma Jojo connaissait donc l'effet que ce liquide allait avoir sur moi.

« Multiplie par huit… ». « Huit ». Comment ça, « huit » ? Je restai perplexe une seconde avant de me précipiter sur la minuscule fiole, portée par mon intuition. Je saisis la petite bouteille et examinai la graduation qui était gravée sur le côté. À l'intérieur du flacon, le liquide épais chaloupait. Quand il s'immobilisa, je constatai qu'il avait réduit pour ne monter à présent qu'au niveau du sept, alors que, avant que j'en avale une goutte, il culminait sur le huit. Il y avait donc huit doses. Huit doses de cette chose étrange qui me rendait, à moi tout du moins, complètement invisible. Je contemplai pensivement le vide à l'endroit où ma main aurait dû gigoter. Tout à coup, une idée me vint : et si la potion avait *réellement* le pouvoir de me rendre invisible ? Et si aucune autre personne au monde ne pouvait plus me voir ? Et si je restais comme ça, indéfiniment ? Je chassai immédiatement cette pensée saugrenue. Ma Jojo ne m'aurait pas fait un coup pareil. Et puis, s'il y avait huit doses, c'était forcément que tout devait revenir à la normale au bout d'un certain temps, non ? J'enfouis ces inquiétudes tout au fond de ma tête pour ne me concentrer que sur une seule : il se pourrait bien que je sois vraiment devenue invisible. Je devais maintenant en avoir le cœur net.

Je pris mon manteau, sortis sur le seuil, avant de réaliser que ce même manteau flottait à trente centimètres au-dessus du sol. Je soupirai. À cet instant précis, et comme un fait exprès, mon voisin d'en face ouvrit sa porte et sortit de son appartement, dos à moi. Au loin, j'aperçus son chat qui scrutait dans ma direction. Mon voisin était au téléphone : pendant qu'il tenait son portable d'une main, de l'autre, il claqua la porte et entrepris de fermer à clé.

« *C'est la dernière fois que je me fais chier avec leur process. Tu te rends compte, ça fait quinze jours que je les tanne pour avoir leur cahier des charges ! Ils me l'envoient aujourd'hui en me demandant de faire ça pour demain ! Non mais oh, ils sont complètement à côté de la plaque.* »

J'entendais des grésillements à l'autre bout de la ligne, mais la réponse de l'interlocuteur m'était parfaitement inaudible. D'autant plus que, figée par la stupeur, je retenais ma respiration.

« *Bah voilà,* continua-t-il, *c'est ça, t'as tout compris. Il faudrait être à leur disposition. Attends, deux secondes, j'arrive pas à tourner la clé, attends, je te reprends… Voilà, c'est bon, ouais je te disais qu…* »

Il s'était tourné dans ma direction. Son regard était cloué sur mes pieds. Sa bouche s'ouvrait et se fermait mais pas un son n'en sortait. Quant à moi, j'étais paralysée. Rendez-vous compte, j'étais toute nue sous mon manteau ! Interdite, je ne réagis qu'au bout d'un temps qui me parut infiniment long : je retournai vivement à l'intérieur de mon appartement et claquai la porte. Là, je tentai de calmer ma respiration.

« *Allô ? Oh putain,* entendis-je à travers la cloison, *tu sais quoi mon pote ? J'ai cru voir un manteau flotter devant la porte de ma voisine… J'te jure, juste un manteau… non non, sans personne à l'intérieur. J'ai même cru qu'il était rentré en fermant la porte. Faut vraiment que je me repose, je frise le burn-out ! Cette boîte à la con va finir par me rendre barje.* »

Ainsi, cet homme avait vu le manteau. Mais il ne m'avait pas vue moi. J'étais invisible. INVISIBLE ! Je jetai mon imperméable sur le divan, attendis, l'œil rivé au judas, qu'il commençât à descendre les marches, ouvris ma porte discrètement et me faufilai à l'extérieur de mon appartement. L'air frais du palier sur ma peau nue me donna la chair de poule. Mon cœur, lui, battait à tout rompre. La situation était cocasse et je ne pus réprimer un sourire de honte teintée d'espièglerie à la pensée que je me trouvais complètement à poil devant mon paillasson. Et si le sortilège prenait fin d'un coup ? Que diraient les gens en découvrant face à eux une fille toute nue, venue de nulle part ? J'étais très pudique, c'était d'ailleurs presque pathologique chez moi, ce besoin de cacher ce corps que je n'aimais pas, que je trouvais flasque et potelé. Du coup, cette perspective ne m'enchantait guère. Je réfléchis : le message qui accompagnait la bouteille ne contenait aucune indication de temps. J'allais donc devoir me débrouiller seule pour connaître exactement les termes de l'étrange contrat qui me liait à ce tout nouveau pouvoir. Que faire alors ? Rester tranquillement chez moi, le regard accroché à l'heure et attendre que l'effet se dissipe ? Ma trouille me le commandait. Oui, c'était tentant. Mais moins, c'est vrai, que céder à l'irrépressible envie de jouer avec le feu. Rien qu'un peu.

Je descendis quatre à quatre l'escalier. Je ne voulais pas que mon voisin sorte de l'immeuble avant d'avoir pu le tester à nouveau. Il était le cobaye idéal.

Mon voisin n'était pas du genre très amical. Il avait la quarantaine hautaine, très sèche, et possédait une voix perchée. Très maniéré, il n'aimait ni les portes qui claquent, ni les fenêtres qui grincent. Ni les odeurs de nourriture, ni les aboiements des chiens. Ni les sirènes des pompiers, ni les cris des enfants après l'école. En somme, il n'aimait pas ce qui dépassait et ne devait pas beaucoup m'aimer non plus. Je crois, en fait, qu'il n'aimait que son chat, un gros matou qui prenait plaisir à m'espionner et à envahir la rambarde de ma fenêtre. Je ne parvenais pas à imaginer autrement cet homme que grignotant des graines en zieutant les passants du haut du quatrième étage. Il me faisait penser à un pic vert.

Assez vite, je l'aperçus. Sa démarche était ralentie par son coup de fil qui s'éternisait.

« *Y a pas, si ça perdure, je cherche un nouveau boulot. Je ne suis pas un animal, à la fin. Du coup, j'ai envoyé un mail à Thomas et Francis pour leur dire ce que je pensais, faut pas charrier, je suis pas leur esclave…* ».

Je m'approchai. Le plus près possible.

« *Non, mais carrément ! C'est impensable de me faire un coup pareil. Avec tout ce que j'ai donné, on pourrait s'attendre à de la reconnaissance. Bah non…* »

Plus près, encore plus près. Il sentait la lessive et le déodorant.

« *Que ça leur plaise ou non, c'est eux qui vont gérer ce client. Moi, il me sort par les…* ».

Il se retourna brusquement. Je me figeai instantanément, mue par mon instinct de survie. Il regarda dans ma direction d'un air suspicieux tandis que je m'efforçais de reprendre le contrôle de ma respiration. Il baissa la tête, la releva. Ses pupilles s'accrochèrent tour à tour à ma poitrine, que je dissimulais sous mon bras replié, à mon ventre, que je cherchais à cacher par mon autre bras, à mon pubis, ce qui me contraignît, par réflexe, à croiser aussitôt mes jambes. Contre toute attente, l'inspection prit fin. Ses yeux me traversèrent, me transpercèrent même, et partirent à l'assaut du mur, juste derrière moi. Mon voisin soupira d'agacement avant de replacer le combiné à son oreille.

« *Allô, ouais, excuse-moi. Je dois couver un truc…* »

Je chancelai. Wahou, je l'avais échappé belle. Rassurée, je lançai un souffle sonore. Que je regrettai immédiatement, dès que je vis le cou de mon voisin faire volte-face et son pied, de stupeur, manquer la dernière marche. Il se rattrapa *in extremis* à la rampe.

« Eh merde ! »

Quelle sotte ! Il me restait encore sept doses, j'allais devoir être bien plus prudente à l'avenir. En attendant, je lui avais fichu la peur de sa vie. Je n'étais pas trop fière de moi mais ma conscience, je dois l'avouer, s'en tirait malgré tout à bon compte.

Pensive, je demeurai assise sur l'escalier de l'immeuble désert, pendant un certain temps. Au bout d'un moment, je ressentis de drôles de picotements au bout de mes orteils et de mes doigts. En baissant les yeux, je m'aperçus que je venais de recouvrer mon apparence. J'étais soulagée de constater que j'allais pouvoir reprendre le cours de mon existence. Soudain, me rappelant que j'étais nue, je me dépêchai de rentrer, priant le bon Dieu et tous ses saints d'avoir la bonté de ne mettre personne sur mon passage. Au mieux, on se serait bien foutu de moi. Au pire, on m'aurait internée. Et cela ne se serait certainement pas arrangé avec mon explication de potion d'invisibilité.

Heureusement, j'arrivai chez moi sans encombre. L'émission se terminait à peine puisque le générique de fin m'accueillit. Un rapide calcul, entre le moment où tout avait commencé, pendant la coupure publicitaire, et celui où j'étais redevenue visible, m'apprit que l'effet durait environ une heure. Une heure d'invisibilité totale. Une heure au cours de laquelle tout ou presque m'était permis.

La nuit qui suivit, j'eus beaucoup de mal à trouver le sommeil, trop excitée par l'aventure irréelle que j'avais vécue. Qu'un simple liquide puisse conférer un tel pouvoir était tout bonnement fascinant. Ma Jojo m'avait certes habituée à quelques petits miracles de guérison, mais jamais je n'aurais cru cela possible. Petite, mes contes pour enfant étaient peuplés de fées, de sorcières, de potions magiques et de héros aux capacités prodigieuses. Comme la plupart des gamins, je croyais dur comme fer en ces histoires merveilleuses qu'on me racontait et priais en secret pour que cela m'arrive un jour, à moi aussi. Parvenue à l'adolescence, j'avais balayé toutes ces idioties, ce n'était que des légendes après tout. Eh bien, j'avais eu tort, tout cela existait bel et bien. Oui, on pouvait être invisible, je devais me rendre à l'évidence.

Jusqu'au point du jour, je ressassai ces idées avant de m'endormir une paire d'heures. Puis il fut temps de me rendre à la boulangerie.

Quand j'arrivai, peu avant le coup de feu du déjeuner, Estelle était déjà à pied d'œuvre. Perchée sur un escabeau, elle s'évertuait à accrocher des boules géantes et des guirlandes au plafond de la boutique. La vitrine avait été vidée de ses citrouilles béates et de ses fausses toiles d'araignée, qui dataient d'Halloween. Un énorme carton rempli d'objets pailletés et de fausse neige trônait au milieu de la devanture.

— Tu préfères terminer de pendre ces machins ou t'occuper de la vitrine ? interrogea ma collègue en me voyant.

J'ai toujours eu le vertige. Je n'ai pas été dotée d'un sens de l'équilibre très performant, si bien que les échelles m'effraient : si, par malheur, je dois y grimper, mes jambes se mettent à flageoler dès qu'elles atteignent le premier barreau. Alors, monter si haut, les bras en l'air, très peu pour moi.

— Je prends la vitrine, rétorquai-je en enjambant la petite marche qui séparait la devanture du reste du magasin.

De cette façon, ajoutai-je en moi-même, j'aurai tout le loisir de penser à mon nouveau pouvoir sans qu'on vienne me déranger. Devais-je prendre le risque de recommencer ? Si ça se trouve, j'avais bénéficié d'une chance dingue la première fois : mon corps aurait pu réagir autrement et aurait très bien pu ne plus retrouver le chemin vers la visibilité. Tandis que je disposais un Père Noël en plastique qui se dandinait sur l'air de *Jingle*

Bells, je frissonnai à l'idée de ne pas avoir autant de chance la prochaine fois. Valait-il le coup que je fasse un nouvel essai, au risque de me retrouver prisonnière de cette invisibilité ? Évidemment, j'en mourais d'envie. Je décidai d'appeler ma Jojo ce soir : c'était plus sûr. Elle me dirait quoi faire et m'expliquerait les tenants et les aboutissants de son drôle de cadeau.

Pendant que je ressassais tout ça, la confection de la vitrine progressait peu. Je sentais dans mon dos les regards agacés qu'Estelle lançait sur mon ouvrage qui n'avançait pas à un rythme des plus soutenus. Mais c'était plus fort que moi, j'éprouvais un mal de chien à me concentrer. Forcément.

À midi, les clients commencèrent à affluer. Je me positionnai derrière le comptoir, avec la ferme intention de reprendre mon activité de décoration dès la fin du *rush*. Un énorme sapin venait d'être apporté par Rodolphe, le patron. Soutenu par un pied en bois géant, l'arbre attendait sagement d'être recouvert d'objets hétéroclites et multicolores.

En ce début décembre, la météo n'était pas clémente. Les températures qui baissaient et la mauvaise bruine qui tombait depuis plusieurs heures poussaient les clients dans les restaurants à proximité. Si bien que le coup de feu attendu n'eut pas lieu. Quelques courageux vinrent acheter un sandwich qu'ils avalèrent au pas de course, en traversant la route, en face de notre boulangerie. Estelle me demanda donc de retourner à ma décoration de Noël.

Au bout d'un moment, trois hommes pénétrèrent à l'intérieur du magasin. Ces types m'étaient totalement inconnus. À leur dégaine, ils me firent penser à des personnages de bandes dessinées, la figure ronchonne, les épaules voûtées, l'air angoissant de mafieux en pleine conspiration. Ils commandèrent un repas rapide composé de tourtes et d'éclairs avant de s'attabler à l'un des quatre mange-debout qui longeaient, à l'intérieur, la devanture. Estelle leur apporta leur commande. De mon côté, je ne pus m'empêcher de tendre l'oreille, discrètement, tout en feignant d'être absorbée par ma fausse neige et mes étoiles métallisées. La curiosité est un de mes gros défauts. Mais n'est-ce pas la moindre des choses pour une future journaliste ?

— Tu vas pas en revenir, assura le plus petit des trois en soufflant sur sa quiche à la courgette, fumante. Ce qu'on tient là, c'est un véritable séisme.

— Franchement, un truc pareil à quelques mois des élections, c'est juste du suicide, nota celui qui était dégarni.

Alors là, mon radar interne se mit à tournoyer. Évidemment, je n'en montrai rien et me contentai d'accrocher de faux bonbons aux branches du sapin.

— Si ça se sait, c'est toute l'équipe qui saute.

— Parle moins fort.

— J'y peux rien, je contrôle mal le volume quand j'angoisse.

— Pour le moment, y a aucun risque que ça s'ébruite. Il n'y a que nous trois qui sommes au courant. Même le maire ne se doute de rien.

— Manquerait plus que ça.

— Et les documents, ils sont où ?

— Planqués dans mon bureau, dans un tiroir qui ferme à clé. Y a aucun risque.

— Ce serait pas plus simple de les détruire ?

— Et de jeter l'unique garantie qu'on tient contre le maire ? Avec ça, on le tient par la peau des couilles et, nous, on est les rois du monde.

— Ça représente combien à peu près ?

— Plus de deux millions. Sur trois ans.

— Ah la vache, quand même !

— C'est bon, t'as terminé ?

— Ouais, c'est bon pour moi.

— Je mangerai mon dessert en marchant, je vous suis.

Les trois acolytes sortirent de la boutique sans un mot. Je les suivis des yeux quelques secondes.

— Bah alors ? me surprit Estelle. T'as trouvé un nouvel amoureux ?

— Euh non, fis-je en cherchant une réponse adéquate alors que leur discussion avait grandement piqué mon intérêt, c'est juste que je les ai trouvés sacrément malpolis de sortir comme ça, sans même nous saluer…

— T'en fais pas va, c'est toujours comme ça avec les conseillers du maire. Y en a un qui est à la Jeunesse, un autre aux Affaires Sociales et le dernier, à la Vie Économique je crois bien. Ils se prennent pour le centre du monde ces trois-là. C'est des tocards. D'ailleurs, je leur ai même pas dit « bonjour », ajouta-t-elle, toute fière de sa petite vengeance.

Je haussai les épaules. Les conseillers du maire. Une liste. Une info de premier ordre. N'était-ce pas du pain béni pour l'aspirante reporter que j'étais ?

Estelle se détourna pour me lancer :

— Tu as bientôt terminé ? Faudrait qu'on fasse le réassort des canettes après…

La récréation était finie, le *scoop* aux oubliettes, sacrifié sur l'autel des boissons à empiler. Je repris le cours de mes pensées et me répétai les perspectives de ma soirée : appeler ma Jojo pour m'assurer que sa potion était sans danger et, peut-être, en fonction de sa réponse, en reprendre une toute petite goutte. Et puis regarder le *replay* de la quotidienne de La Maison et retrouver Gabin.

Le reste de la journée passa lentement. L'après-midi me parut interminable. J'étais venue à bout de cette satanée décoration et le frigidaire regorgeait de boissons. Ma mission était accomplie. Enfin, l'heure de quitter la boulangerie sonna. Aussitôt dehors, j'attrapai mon portable et appelai mon arrière-grand-mère. Elle n'était pas chez elle et personne ne répondit. Je volai jusqu'au métro, ne pris pas le temps de m'arrêter pour écouter le chanteur, sautai dans la rame bondée, courus dans les couloirs, repris une nouvelle rame et, parvenue dans ma rue, refis un nouvel essai. Malheureusement, ma Jojo n'était pas encore rentrée.

Toute la soirée, je triturai la fiole d'une main et mon portable de l'autre. Ma Jojo demeurait injoignable en dépit de l'heure plutôt tardive.

La tentation était grande d'avaler une nouvelle dose. Mais le faire sans en parler auparavant à mon aïeule relevait de l'inconscience pure. Pour autant, la bouteille était là, devant moi, petite, inoffensive… Elle se morfondait dans la paume de ma main. À l'intérieur, le liquide ambré dansait. Et ce téléphone qui, de l'autre côté, sonnait dans le vide… Flacon, téléphone, flacon, téléphone. Pour bien faire, il aurait fallu que j'attende jusqu'au lendemain. Allez, c'est l'affaire de quelques heures, essayai-je de me persuader. Ça serait dommage qu'il y ait des effets secondaires et que tu n'en saches rien.

Je vous l'ai dit, je suis curieuse. Trop. Et impatiente aussi. Ma grand-mère Marie appelle ça de l'impétuosité. « *Ça te passera avec l'âge, ma petite-fille* »…

Bref, l'envie de prendre une nouvelle dose eut raison de ma patience, tout comme le besoin d'être certaine que, la veille, je n'avais pas rêvé. Je délaissai alors mon téléphone, débouchai la fiole, sortis la pipette, déposai une goutte sur le bout de ma langue. Et, les yeux fermés, j'attendis, bien décidée, cette fois, à sortir dans la rue.

CHAPITRE VII

Au bout de plusieurs minutes, mon corps avait disparu. La veille, sous le coup de l'excitation, je ne m'étais pas attardée sur l'étrange sensation que je ressentais à porter un corps que je ne voyais pas. Mes mains, que je plaçais à hauteur de mes yeux, n'existaient plus. Quant à mes pieds, ils étaient tout bonnement effacés. À leur place, il n'y avait rien du tout. C'était comme si je volais. Les seuls éléments qui restaient étaient les vêtements que je portais et qui paraissaient, ainsi, suspendus à des cintres hantés.

Mon cerveau mit quelques instants à faire la mise au point sur ce nouvel état de fait – il n'était quand même pas courant d'être invisible et cela demandait un peu d'adaptation –, plusieurs secondes au bout desquelles je me plaçai devant le miroir en pied de la salle de bains, comme je l'avais fait la veille. Là, je me dévêtis et m'assurai que ma présence était complètement indécelable.

L'air frais du dehors me glaça. Mes pieds, qui pour ne pas être visibles touchaient malgré tout le sol, étaient gelés. Il n'y avait que moi et ma stupide stupidité pour tenter pareille expérience en plein mois de décembre. De la buée, tout à fait discernable elle, s'échappait de mes lèvres. Deux femmes emmitouflées dans de grosses doudounes noires traversaient en riant au coin de la rue. Dès que je les aperçus, je courus me réfugier sous un parapet. Pourtant, elles ne pouvaient pas me distinguer. Mais ce fut plus fort que moi. Il fallait que je me cache. Purée, j'étais toute nue dans la rue. Archi nue ! Je devais être cinglée.

Avec ce froid, il m'était impossible de demeurer très longtemps à l'extérieur. Ce qui, finalement, arrangeait bien mes affaires, compte tenu du fait que je ne disposais que d'une heure et que je ne portais, bien sûr, pas de montre.

Un homme en survêtement me dépassa tranquillement. Il portait une capuche et tenait une laisse, au bout de laquelle un jeune yorkshire trottinait. Ce dernier sembla intrigué par ma présence : parvenu à ma hauteur, il s'arrêta de renifler le sol et regarda dans ma direction. Il était si mignon que je ne pus m'empêcher de lui faire signe. Sans réaction de sa part, je me baissai à sa hauteur. Là, il secoua vigoureusement sa queue et vint à ma rencontre réclamer quelques caresses. Son maître tirait sur la laisse, dubitatif.

« M'enfin, Poupoune, tu viens oui ? »

Mais, à cet instant, Poupoune se fichait de son maître comme de son premier os : il se retournait sur le dos, me montrait son ventre pour que je le gratouille. Ce que je fis, tout en me réjouissant de la perplexité de l'homme qui allait grandissant.

« Poupoune, ici ! »

L'homme n'osait pas tirer fort. Son chien était tout jeune et je suppose qu'il ne voulait pas risquer de le blesser. Aussi ne donnait-il que quelques à-coups, qui restaient sans effet sur le chien qui aimait trop les papouilles. L'homme finit par s'approcher, les bras devant, comme pour porter le yorkshire récalcitrant.

Voyant de plus près la figure mi-agacée mi-incrédule du maître, j'eus une idée. Ce n'était pas très sympa, d'accord, mais la tentation était trop forte…

Quand il fut tout près, il s'apprêta à attraper son chien. Plus rapide que lui, je glissai mes mains sous le dos de l'animal et le ramenai vers moi, au ras du sol. L'homme s'arrêta net, étonné. Le toutou, lui, continuait de s'amuser, sur le dos, en jappant. Le maître reprit ses esprits, tendit de nouveau les bras, voulut porter son chien. Pour la seconde fois, je l'éloignai tout doucement d'une main, pendant que, de l'autre, je poursuivais la séance de caresses afin qu'il ne se détournât pas de moi.

L'homme n'en croyait pas ses yeux : comment se pouvait-il qu'un chien rampe sur le dos ? Il retira sa capuche, se gratta la tâte et regarda autour de lui, soit pour s'assurer que personne ne le regardait, soit pour être certain d'avoir toute sa raison. Tout ce que je sais, c'est que son regard, même dans la pénombre, exprimait l'incompréhension la plus totale. Évidemment, moi, je jubilais, comme un enfant devant la farce qu'il vient de commettre. C'est bête, je sais, mais que voulez-vous, c'était plus fort que moi.

Au bout d'une dizaine de secondes, je me dis que je pouvais aller plus loin. J'attendis que l'homme s'approchât au plus près de moi. Quand il fut si proche que je pouvais sentir son haleine chaude, j'ouvris la bouche et soufflai aussi fort que je le pus, exhalant un nuage de fumée qui vint le prendre par surprise. Il se releva aussitôt, pour constater que son toutou volait à vingt centimètres au-dessus du sol ! J'avais en effet pris le chien dans mes bras, manifestement pour son plus grand bonheur puisqu'il ne cessait de me lécher le visage.

Au bout de la laisse, l'homme était blême. Il recula en bredouillant :

« Pou… poune… je… Viens… s'il te plaît… »

C'était tordant, mais une petite voix me répétait : « Le pauvre, tu vois bien que c'est mal ce que tu fais, il va finir par croire qu'il possède un yorkshire hanté ! » Je pouffai de mes propres pensées. Je mis très vite fin à son calvaire en libérant le chien qui rattrapa son maître sans se presser. Je venais de passer les minutes les plus drôles de toute mon existence. Et l'homme, sûrement les plus angoissantes !

Ce pouvoir me donnait des allures de fantôme. Je pouvais effrayer qui je voulais. C'était si grisant que, dans la nuit noire, je me mis à chercher de nouvelles victimes…

Pour ne pas avoir à courir longtemps avant de m'abriter au cas où, je restai à proximité de mon domicile. Je longeai les trottoirs autour de mon immeuble, fis les cent pas entre la porte-cochère et le croisement situé à quelques mètres de là. Je soufflai dans mes mains et frottai mes doigts afin que le sang y circule normalement. Pour réchauffer mon corps transi de froid et de gêne, je me mis à courir sur place. J'enchaînai ensuite des mouvements de gym tonique. J'avais conscience que, vue de l'extérieur, je devais avoir l'air parfaitement ridicule. Fort heureusement, personne ne pouvait s'en rendre compte. Pour compléter le tableau, je lançai mes poings vers l'avant, à la façon d'un Rocky Balboa. Après tout, ce soir, le monde m'appartenait. Par réflexe, je contournai le halo des réverbères alors que je n'en avais nullement besoin.

J'aperçus soudain trois jeunes filles au loin. Très chargées, elles marchaient à vive allure. Elles gloussaient et parlaient à haute voix. Toutes trois portaient des cheveux longs qui dégoulinaient sous leur bonnet, bordeaux pour l'une, bleu pour la deuxième et beige avec un pompon pour la dernière. Quel sort allais-je bien pouvoir leur réserver ?

Je marchai plus rapidement qu'elles et me trouvai très vite à leur hauteur. Je pouvais sentir l'eau de toilette de l'une d'elles, un parfum piquant qui ne correspondait en rien à l'attitude volubile de ces filles. Elles devaient avoir mon âge, voire un peu moins. Sans qu'elles le sachent, je me promenai à leur côté tout en écoutant leur conversation. Je déduisis de leur échange qu'elles se rendaient à une soirée non loin de là, qu'elles étaient en avance et qu'elles avaient apporté de la nourriture. En entendant la teneur de leur propos, mon cœur se serra. Me revinrent en mémoire la complicité que nous partagions, Justine et moi, et tous ces moments où, comme ces filles, nous avions déambulé dans les rues à la recherche du lieu où la soirée à laquelle nous avions été invitées avait été organisée. Justine me manquait tellement ! Et comme ma vie d'avant, à Trébeurden, me manquait ! Même la pizzeria de mon père me manquait. Ma solitude était telle que je me retrouvais à faire peur à des inconnus, à poil, en pleine rue, sans personne pour partager mes bonnes blagues. Une partie de moi se demandait si tout cela n'était finalement pas un peu pathétique…

Pourtant, je m'efforçai de chasser ces idées noires et décidai d'aller de l'avant. Je n'avais qu'une heure – ce qui était à la fois peu et beaucoup si on considérait le froid qui pinçait chaque pore de mon épiderme –, et je ne voulais pas gâcher ma deuxième dose en questionnement existentiel. Car j'étais coutumière de ce genre de choses : moi, Gaëlle Roelec, j'étais la rabat-joie par excellence, celle qui vous casse une ambiance en moins de deux et qui part s'enfermer dans les toilettes des filles pour pleurer pendant que tout le monde s'amuse. J'étais ainsi passée à côté d'un certain nombre de bons moments dans mon adolescence, au grand dam de Justine qui ne comprenait pas comment on pouvait se mettre la rate au court-bouillon alors que tout était « top du top », comme elle disait.

Mais tout cela était du passé. Je devais à présent me prendre en main. Et c'était sûrement le but que s'était fixé ma Jojo en m'envoyant ce flacon.

Empêtrées par leur chargement, les trois filles progressaient lentement et avec difficulté. Tout en les talonnant, je réfléchis à ce que j'allais pouvoir leur faire. Elles avaient l'air sympa : je voulais juste les titiller un peu, pas leur flanquer une frousse bleue.

— C'est marrant, lança l'une d'elles à celle qui était la plus proche de moi, y a un petit nuage de fumée qui te suit.

Gloups, je posai ma paume contre mes lèvres. Ce n'était pas le moment de me faire remarquer.

— Ah ouais, je vois rien, nota l'autre en tournant la tête.

Je tendis la main et jetai à terre le bonnet de celle qui avait parlé.

— Oh, c'est pas vrai !

Elle déposa lourdement ses paquets sur le sol et se pencha pour récupérer son couvre-chef, sous les moqueries de ses deux camarades. Je retirai alors celui d'une deuxième fille et le flanquai par terre. Celle-ci jura et se baissa à son tour, après avoir posé ses multiples sacs. Lorsque la troisième éclata de rire, je fis voler son galure qui dessina une jolie arabesque dans la nuit avant de s'écraser mollement sur le bitume. Son rire s'arrêta net tandis que celui des deux autres résonna au milieu des lointains klaxons.

La première se releva. J'attendis qu'elle reprenne ses paquets, qu'elle les saisisse avec soin, et hop, j'envoyai valdinguer son bonnet. Trop exaspérée pour s'étonner de ce qu'un bonnet se fasse la malle tout seul, et ce à plusieurs reprises, elle tenta de se baisser, toute chargée qu'elle était, avant de constater que cela lui était impossible en l'état. Alors elle reposa son chargement en maugréant et ramassa son bonnet. Au même moment, celui de sa copine s'éjecta à nouveau de la tête qu'il venait de rejoindre dans les gloussements de la troisième, avant que le bonnet de cette dernière, fût victime, lui aussi, d'une expulsion express. J'accélérai le mouvement : bientôt, ce fut une farandole de bordeaux, de bleu et de beige à pompon, qui explosait en tous sens et dans la confusion la plus totale. N'en pouvant plus, les filles remisèrent leur bonnet au fond de leur poche, tout étourdies de la petite cavalcade que je venais de leur offrir. Je devinais leurs joues rougies par l'effort, l'exaspération et le froid. Je les laissai finalement partir, à regret : en trois dizaines de secondes, ces filles m'étaient devenues rudement sympathiques. En d'autres circonstances, nous aurions sans doute pu être amies. Elles s'éloignèrent. Je leur fis un discret signe de la main, signe dont elles n'eurent jamais connaissance.

J'étais de nouveau seule. Et nue. Pour ne pas geler sur place, je repris mes exercices physiques : je sautillai, esquissai des pas de danse, lançai mes poings sur un adversaire inexistant, exerçai mes pieds sur les murs. Je préférais ne pas penser à mon allure. On dit que le ridicule ne tue pas : c'est une bonne nouvelle. Dans le cas contraire, la foudre m'aurait directement trucidée. Au lieu de ça, bien vivante, je gesticulais à poil en pleine rue. Les bruits de la circulation lointaine résonnaient autour de moi. Une mélodie interrompit soudain mes élans de sportive du dimanche.

« *Allô ? Ah oui, comment vas-tu ?* »

Je me retournai vers la voix grave et profonde qui venait de prononcer ces mots. Un homme grand, de belle stature, vêtu d'une veste matelassée, parlait dans son portable. À ses côtés, une grande femme élégante marchait en replaçant sans cesse une mèche de ses cheveux. Les quatre talons qui claquaient sur le goudron faisaient un sacré ramdam.

« *Oui, je te rappelle un peu plus tard pour qu'on en discute. Salut !* »

La discussion du téléphone tourna court. Dès qu'il eut raccroché, l'homme s'adressa à la femme :

— C'est très sympa par ici. Vous habitez dans ce quartier ?

— Oh, à cent mètres, à peine, mais vous pouvez me laisser rentrer seu…

— Vous laissez ici ? En pleine nuit ? Et avec ce froid polaire en plus ? Vous n'y pensez pas. Je ne me sentirais pas rassuré de vous abandonner comme ça. Non, non, je vous raccompagne, j'y tiens.

— C'est très gentil à vous Édouard, merci infiniment, je... je vous suis vraiment très reconnaissante.

Ces minauderies étaient-elles le signe d'un premier rendez-vous ? Si oui, avais-je le droit de m'immiscer et de risquer de faire capoter une histoire qui démarrait, tout ça pour m'amuser ? Peut-être que cet homme était l'homme de sa vie ? Et cette femme, son âme sœur, l'unique, la vraie, celle qu'on ne rencontre qu'une seule fois ?Je les pistais, emplie de doutes et de scrupules. Heureusement, la suite décida à ma place.

Le téléphone se remit à sonner. L'homme l'extirpa de la poche où il l'avait enfoui.

— Excusez-moi Carine. Les urgences de bureau, vous connaissez... il n'y a pas d'heure...
— Je vous en prie, faites...
— Allô oui ?

Son interlocuteur parlait fort. Je n'entendais pas ce qu'il disait précisément, d'autant moins que sa voix était entrecoupée par les *poc poc* des talonnettes de mes deux voisins de rue, mais l'intonation semblait autoritaire.

« *Eh bien, Henri,* finit par répondre celui dont j'espionnais l'échange, *on ne va pas tourner autour du pot. Demain matin, dès votre arrivée, vous faites vos cartons et vous déguerpissez. Je n'ai pas de temps à perdre avec ce genre de jérémiades... Taisez-vous... Je me fiche de savoir si l'erreur vient de vous, de plus bas ou de plus haut. Je ne vous veux plus au sein de ma boîte. Vous recevrez votre notification de licenciement par recommandé. Je vous souhaite une bonne soirée !* »

Et il raccrocha au nez du pauvre Henri dont j'entendais les gémissements jusqu'à ce que la ligne fut coupée.

— Vous avez de la poigne, nota la Carine, visiblement sous le charme.

— C'est important dans mon métier. On ne peut pas se permettre de perdre du temps avec des gens qui ne suivent pas le mouvement. Cet abruti-là m'a pendant des semaines rebattu les oreilles avec sa mère. Comme quoi elle était à l'hôpital, ou je ne sais trop où. Ce qui fait que le jour où nous l'attendions pour signer un gros contrat – sans doute le plus gros de l'année, je ne vous le cache pas –, il a simplement appelé pour dire qu'il ne pouvait pas être là parce que sa mère venait de mourir. Résultat, le contrat nous est passé sous le nez. Je ne suis pas sans cœur, mais j'ai une boîte à faire tourner. Cela peut m'amener de temps en temps à faire des choix difficiles.

— C'est certain, le temps c'est de l'argent.

— Voilà, vous avez tout compris.

— Sans compter que ça ne l'aurait pas ramenée, sa mère, de toute façon, ajouta la femme sur le ton de l'évidence. Les employés sont parfois difficiles à cerner…

J'étais outrée par leur propos. Brusquement, mes scrupules s'envolèrent. Mes craintes de faire foirer une belle histoire à venir, laminées ! Ces deux-là étaient deux belles ordures, ils ne méritaient rien de bien.

Les deux affreux poursuivaient leur route en déversant leur bile sur leurs salariés et sur ces gens qu'ils qualifiaient de « surprotégés ». Je les talonnais, même si cela m'obligeait à m'éloigner un peu de mon périmètre. J'attendais le bon moment pour agir. Celui-ci arriva quelques secondes plus tard.

Ils s'arrêtèrent devant la façade d'un immeuble cossu. Je me plantai près d'eux, prête à intervenir.

— Bien, c'est ici que nous nous quittons…
— Eh oui, c'est ici…

Je levai les yeux au ciel : que de simagrées pour obtenir un baiser, et plus si affinités ! Lorsqu'enfin, il s'approcha de ses lèvres, je tendis le bras et effleurai le fessier ferme de la trentenaire. Elle gémit un faible « non », tout en passant la main sur ses reins afin de remonter la main indésirable. L'autre se recula, la regarda en souriant avant de repartir à l'assaut des amygdales de sa partenaire. Cette fois, je touchai ses seins et ses fesses en même temps. La Carine se recula et prononça un « voyons, non, Édouard, nous… » dont la suite se perdit dans un nouvel échange de salives. Je pinçai alors le derrière de la femme aussi fort que je le pus. Sous l'effet de la douleur, elle sursauta en s'exclamant :

— Non, je ne suis pas ce genre de…

L'autre fronça les sourcils. Il cherchait visiblement à comprendre ce qui arrivait à sa nouvelle conquête.

— Mais, je…
— Je préfère qu'on en reste là pour ce soir. C'est mieux.
— Bien, comme vous voulez. Je peux espérer un dernier baiser ?

Elle s'approcha. Et paf ! Une énorme fessée rebondit sur son arrière-train. Elle fit un bond en arrière, les paumes en l'air d'indignation. J'empoignai l'une de ses mains et la lançai vers le visage de l'amant. Elle résista et, sous le coup de la surprise, referma ses doigts. Bing ! Un coup de poing monumental s'abattit sur le menton parfait de l'homme qui vacilla avant de tomber à la renverse, les quatre fers en l'air.

— Oh Édouard, je… balbutia la femme.

— Vous êtes complètement tarée ma parole !

— Je ne voulais pas, je vous assure, je ne comprends pas, c'est comme si une force m'avait obligée à…

— À me casser la mâchoire ? C'est ça votre *trip ?*

— Hein ? Quoi ?

— Je ne suis pas dans le délire SM moi !

— Mais enfin vous êtes un grand malade ! C'est vous qui m'avez pincée et mis une fessée !cria-t-elle, furibonde.

— Une fessée ? Moi ? Faut vous faire soigner, Nathalie !

— Nathalie ? Nathalie ?! C'est Carine mon prénom ! Ca-Rine !

— C'est pareil ! rétorqua l'autre en se massant le bas du visage.

— Allez-vous-en Édouard, je ne veux plus vous voir.

Il se releva.

— Ça tombe bien, on n'a pas les mêmes envies visiblement.

Pan ! Une autre baffe s'abattit sur lui. Cette fois, je n'y étais pour rien.

Je m'éloignai pendant qu'ils continuaient à se crêper le chignon. Pliée en deux, très fière de mon coup, je me dirigeai vers chez moi. Je ne savais pas depuis combien de temps j'étais partie. Une demi-heure ? Peut-être moins. Mais je ne voulais pas risquer de me faire surprendre dans cette tenue, si je puis dire. De plus, j'avais froid, ma peau me tirait affreusement, mes doigts et mes orteils étaient gelés.

Je composai le code de la porte d'entrée, pénétrai dans le hall. Je remarquai que la porte de la loge était entrouverte.

Il était tard, Mme Michelet n'avait pas pour habitude de laisser la loge ouverte au tout-venant en pleine nuit. J'avançai, jetai un œil à l'intérieur. L'obscurité était telle que je ne pouvais rien voir. Je m'apprêtais à tourner les talons quand, soudain, des bruits suspects attirèrent mon attention.

CHAPITRE VIII

Je pénétrai dans la loge avec mille précautions. Les volets roulants étaient clos, empêchant la lumière de la rue d'entrer dans la pièce. Au bout d'un moment, mes yeux s'accoutumèrent à la pénombre. Je distinguai alors la cage suspendue, recouverte d'un torchon, le bouquet de fleurs artificielles qui était posé sur une plaque au-dessus du radiateur en fonte, la petite table en stratifié et les deux chaises, l'une en face de l'autre. Tout semblait paisible si ce n'est de petits bruits d'objets que l'on déplace. Je continuai de progresser.

L'appartement où résidait la gardienne, attenant à la loge, était lui aussi ouvert. À l'intérieur, un filet lumineux se déplaçait. Mon cœur s'emballa, tandis que je marchais vers la porte de l'habitation. Je la poussai doucement, juste assez pour me faufiler, en priant pour qu'elle ne grinçât pas. Par chance, les gonds étaient parfaitement huilés et je pus entrer sans encombre.

Je me postai derrière un couloir, par réflexe pur, puisque, de toute façon, personne ne pouvait me voir. Mais les habitudes ont le cuir dur et on ne peut pas lutter contre des années de conditionnement : mon instinct de survie se fichait pas mal de ce que ma raison pensait ; il me commandait de me planquer. Je passai la tête par l'ouverture. Là, dans la pièce, il y avait quelqu'un…

Avec la plus grande des discrétions, une silhouette massive était occupée à ravager l'intérieur du salon de

Mme Michelet. L'homme soulevait les objets, ouvrait les tiroirs, fouillait dans les placards. Il posait ce qui ne l'intéressait pas sur le sol avec circonspection et flanquait dans son sac à dos ce qui lui semblait posséder plus de valeur.

Je paniquai, partagée entre deux attitudes à adopter : d'un côté, je ne pouvais pas assister à la mise à sac de l'appartement de Mme Michelet sans rien faire. De l'autre, là tout de suite, je ne me sentais pas l'âme d'une justicière. Je n'avais jamais été très bonne en sport. Au collège, la lutte, qui était au programme, m'avait vaccinée contre l'envie de me frotter à plus grand que moi : le prof nous avait mis par « couple », et j'avais fini avec une fille bâtie comme une armoire à glace qui m'avait littéralement terrassée en deux temps trois mouvements, dans l'hilarité générale. Depuis, le souvenir cuisant de cette humiliation, associé à la douleur dans mon épaule qui m'avait servi de train d'atterrissage dans ma chute, m'interdisait toute confrontation physique. À force de tergiversations, ma trouille fut en passe de l'emporter. Je fis volte-face, commençai à prendre le chemin inverse, décidée à limiter mon concours à une seule action : émettre un brouhaha tel qu'il ferait fuir le voleur ou qu'il réveillerait Mme Michelet.

Je laisserais donc ma gardienne face à son agresseur ? Et si ce dernier était violent ? Et s'il tuait Mme Michelet ? Je l'imaginais là, par terre, gisant dans son sang en robe de chambre, les bigoudis encore sur la tête – pourquoi des bigoudis, je n'en sais rien. Pouvais-je laisser faire ça sans intervenir ? Je baissai la tête, regardai mes pieds inexistants, mes mains indiscernables. Je n'avais certes pas le gabarit idéal pour me frotter à ce type de situation, mais je possédai un atout solide : j'étais invisible, sûrement pour quelques dizaines de minutes encore. C'était bien plus qu'il n'en fallait pour venir en aide à la gardienne.

Je suivis des yeux le halo de la lampe-torche et avisai un annuaire près du téléphone, sur une petite desserte. C'était exactement ce dont j'avais besoin. Je profitai de ce que le voleur était occupé à piller le contenu d'un coffret pour attraper le bottin. D'un coup, je claquai la porte et appuyai sur l'interrupteur. L'autre se retourna en un sursaut et se figea, éberlué. Je profitai de sa surprise pour lui envoyer le bottin en pleine face. L'homme glissa sur le parquet sans demander son reste. À présent, il me fallait trouver quelque chose pour l'empêcher de bouger le temps que Mme Michelet appelle la police. Je me rendis dans la loge dare-dare et ouvris le placard dans lequel la gardienne conservait tous ses balais, dans l'espoir d'y trouver de quoi attacher mon gars. Bonne pioche, un tuyau d'arrosage tapissait le sol. Je l'emportai avec moi dans l'appartement et entrepris d'attacher solidement le malotru, inerte.

Si jamais vous étiez tenté de vivre pareille aventure, j'aime autant vous prévenir : le saucissonnage d'une armoire à glace qui pèse son poids mort n'est pas une mince affaire. Sur le moment, l'effort ne me parut pas gigantesque : portée par l'adrénaline, mes forces étaient comme décuplées. Ce n'est qu'après, lorsque j'en eus terminé, que je réalisai que j'étais essoufflée et qu'une sueur glacée roulait entre mes omoplates.

Le type n'avait pas bougé d'un iota. Soudain inquiète, je me baissai pour vérifier qu'il respirait encore. Heureusement, je ne l'avais pas tué. Je m'assurai une dernière fois que ses attaches étaient solides, disposai près de lui son sac à dos éventré de façon à ce que la gardienne comprenne immédiatement de quoi il retournait, avançai dans le couloir et me dirigeai vers une porte fermée que je supposais être celle de la chambre. Là encore, mon intuition fut couronnée de succès : Mme Michelet était étendue au milieu d'un lit moyen, les draps parfaitement repliés sur une couverture. J'appuyai sur l'interrupteur de la lumière. À mon grand étonnement, elle ne portait pas le moindre bigoudi. Je grattai doucement sur son oreiller pour la réveiller. Ses paupières clignèrent à plusieurs reprises. Brusquement, elle prit conscience de cette lumière incongrue au beau milieu de ses rêves. Elle se leva en catastrophe, pendant que, de mon côté, je me dérobai à pas de loup.

J'étais parvenue dans l'escalier de l'immeuble quand son cri de saisissement indigné déchira le silence :

« Je vais appeler la police, éructait-elle. Non mais ! »

Une dizaine de minutes plus tard, alors que j'avais recouvré mon apparence normale, je suivais par la fenêtre le ballet des éclairs bleus des gyrophares des véhicules de police. Quand le voleur menotté s'engouffra dans la voiture, je ne pus réprimer un large sourire de satisfaction. J'étais une justicière. Je n'avais pas le décorum d'une Cat Woman ou d'une Wonder Woman, mon costume était bien moins recherché mais il était à mon image : un peu ridicule, un peu niais, et surtout, pas très saillant avec mes kilos en trop, mon ventre flasque et mes cuisses qui frottaient. J'étais Gaëlle Roelec, la Super-à-Poil. Pour le nom, ceci dit, j'allais devoir y réfléchir encore…

Le lendemain, c'est une toute nouvelle Gaëlle qui arriva dans la boulangerie. Enivrée par mes exploits de la veille, j'avais l'impression de tenir le monde dans mes mains. Tout m'était désormais possible. J'étais à présent munie d'une confiance sans limites. Tout ce que je n'avais pu faire, ou même osé espérer faire un jour, était maintenant à ma portée. Évidemment, je ne pouvais en parler en personne. Divulguer ce secret aurait représenté un trop grand risque : vol de ma fiole, voire même séquestration de ma Jojo pour obtenir la recette de ce liquide prodigieux. Ma tête tournait à plein régime : fidèle à ma personnalité, je concevais les scénarios les plus dingues et passais en revue les pires choses qui auraient pu arriver si, par malheur, je ne parvenais pas à tenir ma langue. Non, non, mieux valait garder tout ça pour moi. Même si cela signifiait agir dans l'ombre et n'obtenir aucune gratification en échange de mes bons et loyaux services.

De toute façon, ce jour-là, Estelle n'était pas en état de m'écouter. Elle avait pleuré, ses yeux rouges conservaient les stigmates d'une nuit sans sommeil. Cette fois, prise dans le tourbillon de mes propres sentiments, je n'insistai pas pour savoir ce qui la taraudait.

Même M. Sylvestre ne réussit pas, cette fois, à dérider ma collègue. Lorsqu'il arriva dans le magasin, il nous gratifia de son sempiternel « Bonjour mes petites fleurs, comment vous portez-vous aujourd'hui ? » en déposant sa canne contre un mur, près des mange-debout. Il n'avait plus besoin de passer commande au comptoir – ses demandes ne variaient pas d'un jour à l'autre, il s'agissait toujours d'un thé accompagné d'un mini pain au chocolat –, mais il tenait à venir au-devant de nous et à ôter son chapeau pour nous parler avec une élégance qui nous ravissait.

— Savez-vous que le soleil ne filtre que lorsque je vous aperçois, mesdemoiselles ? nous lança-t-il sur le ton enjoué dont nous étions familières.

En guise de réponse, j'émis un gloussement gêné. Le visage d'Estelle, quant à lui, ne put s'habiller que d'une légère grimace triste.

— Eh bien, ma chère Estelle, quel horrible chagrin vous mortifie ainsi ? Vos yeux ne méritent pas qu'on les abandonne ainsi à la pluie…

Estelle secoua la main et renifla.

— Oh non, ne vous inquiétez pas, ça va passer.

— Je ne voudrais pas être indiscret, mais sachez que si un jeune homme vous en fait voir, la canne que vous voyez là possède la faculté de se changer en épée.

Cette fois, il parvint à lui arracher un sourire. C'était toujours comme ça, avec M. Sylvestre. Cet homme, d'une élégance rare, désuète mais si touchante, savait vous mettre du baume au cœur avec ses jolis mots qu'il envoyait comme autant de pétales de roses. Il avait dû être un sacré charmeur en son temps. Peu de femmes, selon moi, pouvaient résister à tant de poésie. Pourtant, derrière la jovialité, je soupçonnais quelque chose de plus grave qui le rendait poignant. Certaines fois, ses iris azur se perdaient dans son thé et un masque sombre prenait la place de sa mine rieuse et de son regard facétieux. Je pressentais que la vie de cet homme n'avait pas été si rose et que ses paroles aux allures de livre renfermaient quelques lourds regrets. Lorsqu'il nous quitta, je questionnai Estelle. Celle-ci était un vrai puits de science concernant les habitants du quartier. Entre deux sanglots, elle m'expliqua que cet homme, fringant comme Fred Astaire et pétillant comme Jean d'Ormesson, trimballait avec lui le manque de son fils : « Dix ans qu'ils ne se sont pas vus ! Tu te rends compte ? » Elle tenait cette information d'une de ses voisines qui, un jour qu'elle le trouva assis sur un des tabourets de la boutique à fanfaronner, sauta sur l'occasion pour alerter Estelle. « Il ne faut pas croire, lui avait-elle dit en sourdine, les plus gais ne sont pas forcément les plus heureux. Prenez ce pauvre Marcelin Sylvestre, à le voir comme ça, on pourrait s'imaginer qu'il danse sur des nuages toute la journée. Pensez-vous, y a pas plus triste que ce comique-là. Il s'est disputé avec son fils quand Ernestine est décédée. Je vous parle de ça y a au moins, pfiou, quinze ans, peut-être même plus... Depuis, il ne l'a plus revu. Et comme il a appris par hasard qu'il était grand-père, il rumine sans arrêt à l'idée de ne jamais connaître ce petit bonhomme. Enfin, il rumine sauf quand il est là, avec vous. C'est votre jeunesse qui soigne ses blessures. M'enfin, que voulez-vous, c'est notre lot commun... »

Lorsque ma collègue me rapporta ces paroles, ma gorge se serra. Pauvre M. Sylvestre ! Lui, qui était si aimable, si solaire ! Quel genre d'homme pouvait être son fils pour refuser à un vieux monsieur tel que lui de rencontrer son petit-fils ?

Pourtant, au fil de la journée, je retournai à mes propres pensées et oubliai M. Sylvestre, ses fleurs et son regard d'eau. Baguettes, pains aux céréales, croissants, religieuses, tartes au citron meringuées se succédèrent et me firent oublier le chevalier au chapeau, et à l'épée déguisée en canne.

Le soir, mon chanteur était là, à la même place. Il grattait sa guitare dans l'indifférence générale, une casquette gavroche posée à côté du pied de son micro que, ce soir, il n'utilisait pas. Éreintée par ma journée et pas les émotions de la veille, je m'adossai au mur d'en face, à deux mètres de lui, et écoutai la litanie de son instrument de musique. C'était une mélodie agréable qui me rappelait, pour une raison que je ne saurais expliciter, à quel point j'étais seule dans cette grande ville. Au final, rien n'avait bougé depuis mon arrivée : j'exerçais un métier alimentaire en rêvant du coup de fil magique d'un recruteur emballé et je n'avais toujours pas d'ami ici avec qui partager mon incroyable secret. Et, le pire, c'est que j'étais tombée amoureuse d'un type que je ne pourrais pas revoir avant son élimination de La Maison et qui, jusque-là, serait soumis aux sollicitations de tentatrices d'une éblouissante vulgarité. Oh, bien sûr, j'écrivais à Justine, nous réussissions même à nous parler de temps en temps, lorsque son forfait mobile repartait à zéro ou que, par chance, je tombais sur elle et non sur son répondeur, mais je sentais qu'elle était à mille lieues de mes préoccupations. Avec la distance et les vies différentes que nous menions désormais, je perdais ma meilleure amie chaque jour davantage, et ça me chiffonnait. Quant à mon père, il était hors de question que je le déçoive en le confrontant à ma véritable situation. Ma grand-mère Marie, elle, n'aurait rien compris. Et ma Jojo restait injoignable. Pour couronner le tout, il m'était impossible de retourner en Bretagne pendant la période des fêtes : la boutique tournait à plein régime et la fin d'année, d'après Estelle, était la période qui concentrait la plus forte affluence. De même, il était inenvisageable pour mon père de venir me voir sur Paris car la pizzeria, disait-il, ne pouvait pas marcher sans lui. Et Justine venait de trouver un boulot. J'étais seule. Seule, seule, seule, dans ce couloir de métro où les gens passaient trop vite, où personne ne m'attendait, où j'étais transparente.

Le lendemain, c'était mon jour de congé : la perspective d'un jour qui ne servirait à rien me déprimait.

Face à moi, la guitare poursuivait son œuvre et accompagnait mes désillusions. La mélodie montait et descendait au rythme de mon humeur. Évidemment, mon nouveau pouvoir m'amusait. Mais de quelle utilité m'était-il si je ne pouvais pas exposer mes faits d'armes à une oreille attentive ? Je me remémorai mes exploits de la veille. N'avais-je pas été lamentable de me moquer de cet homme avec son chien, de ces trois jeunes filles puis de ce couple en pleine parade amoureuse ? Quand bien même j'avais permis d'arrêter un voleur, cela rendait-il mes actes plus présentables ? Niveau détestation de soi, j'avais atteint un pic élevé. Ce cadeau de mon arrière-grand-mère était peut-être empoisonné, finalement.

La musique changea et passa d'une harmonie mélancolique à une suite de notes beaucoup plus énergique. Le chanteur, cette fois, donna de la voix, me réveillant de ma torpeur désenchantée. Je relevai le col de mon manteau, et m'éloignai.

Arrivée à la maison, j'observai la fiole. Par l'ouverture de la graduation, j'aperçus le liquide qui se dandinait au niveau du chiffre six. Six. Il ne restait plus que six doses. Je secouai machinalement le flacon, contemplai la potion qui reprenait sa forme, tandis que je demeurais assise, immobile, sur le canapé.

J'allumai en soupirant mon ordinateur, entrai l'adresse du site internet dédié à La Maison, cliquai sur le *replay* de la quotidienne, et lançai la vidéo.

C'est à ce moment-là qu'une idée éclata dans ma tête. Bon sang, comment n'avais-je pas pensé à ça plus tôt ? Ce pouvoir d'invisibilité était un passeport formidable pour me rapprocher de Gabin. Rentrer dans La Maison, être au plus près de l'homme que j'aime, voilà une idée qui me remontait le moral. Cela n'allait pas être facile, il me faudrait être prudente, anticiper deux ou trois détails, mais c'était juste la meilleure idée de ma vie.

Je prévis cela pour le lendemain soir, juste après le *prime*. Je louerais une voiture pour ne pas avoir à laisser mes affaires dans la rue, me garerais à proximité du studio d'enregistrement dans lequel était située La Maison et je pénètrerais à l'intérieur. Hop, ni vue ni connue. Et, si, par bonheur, Gabin était éliminé ce soir, je remiserais la bouteille au fond de ma poche sans l'utiliser et je l'accueillerais dès sa sortie. Je nous imaginais déjà, tombant dans les bras l'un de l'autre, au ralenti comme dans les mauvaises comédies romantiques.

J'allais revoir Gabin, j'allais revoir Gabin ! Toute la journée qui suivit, il me fallut une bonne dose de *self-control* pour ne pas imploser de joie. Je me sentais comme un geyser de paillettes. L'homme de ma vie ! D'ici quelques heures, je pourrais sentir son odeur, toucher son visage, le serrer contre moi. Merci ma Jojo, de me permettre cela.

À l'heure dite, je me rendis chez le loueur pour prendre possession de la voiture que j'avais réservée sur internet. C'était une petite citadine noire très commune et qui convenait parfaitement à mon expédition secrète.

La circulation était fluide. Je me rapprochai du studio plus vite que je ne l'aurais cru. Je trouvai une place à proximité des grilles qui enserraient l'immense bâtisse et me mis à mon aise pour suivre, depuis mon smartphone, l'émission en direct.

Une candidate quitta La Maison. Une Karina insupportable. La diffusion terminée, j'attendis que tous les spectateurs venus assister au spectacle se dispersent. Quand les abords du studio furent enfin calmes et relativement déserts, je sortis la fiole de mon sac. Je tirai la langue, y déversai une goutte. Encore quelques minutes et mon prince et moi serions réunis.

CHAPITRE IX

Si ce n'était les détails logistiques liés à mon entrée dans La Maison, je n'avais rien prévu de ce que j'allais faire une fois à l'intérieur. J'étais si excitée à l'idée de retrouver pour de vrai mon Gabin, que je ne m'étais pas posé plus de questions. Lui emboîter le pas comme un petit chien pendant trente à quarante-cinq minutes me paraissait en effet constituer déjà une activité tout à fait exaltante ; pénétrer dans ce studio me semblait être une chance si énorme et si inconcevable que j'étais bien incapable d'anticiper au-delà. Qui vivra verra était le leitmotiv de Justine qui excellait dans le fait de ne jamais avoir le moindre projet et de se laisser porter par le vent. C'était à l'opposé de ce que j'étais, moi dont le stress était si présent qu'il me fallait sans arrêt tout prévoir pour que le pire – auquel je m'attendais toujours de toute façon – ne puisse pas se produire. Mais ce jour-là, je fis une exception à ma règle qui était de ne jamais me laisser surprendre, quitte, la plupart du temps, à oublier de vivre le moment présent.

Une fois mon invisibilité effective, je sortis discrètement de ma voiture. C'était une belle soirée et la température était assez agréable pour un mois de décembre. Il n'empêche, bien que le temps fût de la partie et que l'air ne giflât pas ma peau, ma nudité me pesait. Loin d'être à l'aise en costume d'Ève, je me sentais au contraire complètement bête à déambuler en pleine nuit sans culotte devant des boîtes de production et des studios d'enregistrement. Les quelques rares personnes que je croisais étaient des techniciens qui remballaient leur matériel ou des agents de sécurité qui trimballaient bon gré mal gré des molosses muselés. Dès que l'un de ces gros chiens de garde sentait ma présence, il tirait sur la laisse, museau vers le haut, ses aboiements rageurs entravés par ce qui lui sanglait la gueule. Bien sûr, les maîtres râlaient : les chiens n'en avaient cure, les humains étaient systématiquement traînés, à la façon d'une belle séance de ski nautique. J'imaginais en frissonnant que l'une de ses bêtes parvienne à se détacher. Elle m'aurait alors sauté dessus, devant l'incompréhension totale des gardiens qui ne verraient pas l'intrus. La peur commença à s'immiscer en moi et un doute, soudain, s'empara de mon esprit : si, moi, je possédais une potion d'invisibilité, la formule contraire, celle qui permettait de voir les gens invisibles, pourrait très bien exister. Évidemment, il faudrait un hasard monumental pour que celui qui détenait la potion contraire, si tant est qu'il y en ait une, se retrouvât devant celle qui détenait le pouvoir d'être invisible. Mais ce qui m'arrivait depuis ces derniers jours était si extraordinaire, que je n'étais pas à une coïncidence près. D'ailleurs, qui me disait que j'étais la seule personne à posséder un peu de ce liquide ? Si ça se trouve, la formule circulait dans le plus grand des secrets et d'autres que moi se baladaient à poil un peu partout…

Afin d'être complètement certaine que personne ne pouvait me voir, je zieutais tous les visages que je croisais. Tous demeuraient impassibles à mon passage. J'étais soulagée, à tel point que j'eus assez d'assurance pour m'approcher à dix centimètres seulement d'un homme occupé à enrouler un câble près d'une camionnette. Je secouai vigoureusement mes deux mains devant lui. Sans doute gêné par le mouvement d'air que mon geste produisit, l'homme se gratta le nez, sans cesser son activité pour autant. Bien. Je pouvais maintenant passer à la vitesse supérieure et entrer dans ce satané studio qui contenait tous mes espoirs.

C'était une porte coupe-feu qui ne s'ouvrait que de l'intérieur. Aussi, je patientai une ou deux minutes – en maugréant car chaque minute qui passait était une minute perdue – et profitai de la sortie d'un membre du personnel pour me faufiler avant que la porte ne se referme. Je me retrouvai dans un immense couloir obscur. Seules quelques veilleuses de sécurité pointaient les issues de secours et empêchaient le noir complet de s'installer dans cette grande bâtisse silencieuse. À tâtons, je trouvai une lourde porte à double battant. Au-dessus, un panneau indiquait qu'il s'agissait du « studio d'enregistrement ». Tout comme pour la première porte, aucune poignée ne me permettait de l'ouvrir de l'extérieur. Je fulminai et repartis en expédition dans le couloir. Au bout d'un moment, je découvris une pièce mal fermée d'où filtraient une lumière vive, des murmures et d'autres bruits que je ne sus pas identifier. J'écartai très progressivement le vantail afin de m'introduire à l'intérieur.

Là, de nombreuses personnes faisaient des allers-retours entre cette pièce et une autre, contiguë. Ils emportaient des choses – caisses de nourriture, accessoires de coiffure, maquillage, et autres objets hétéroclites – et revenaient les bras chargés de linge, de poubelles ou de morceaux de décor que je reconnus sans peine pour les avoir vus à la télévision. Ils appartenaient à La Maison. Se pouvait-il que je me trouve pile à la limite de La Maison ? Ma chance m'étourdissait. C'était comme si quelqu'un avait placé des signes tout au long de mon chemin pour être certain que je ne me perde pas.

Cette pièce était une fourmilière : dans un ballet savamment réglé, chacun allait et venait sans qu'aucune instruction ne fût donnée verbalement. Je m'approchai de l'autre pièce, en prenant garde de ne frôler personne. Je le répète, et vous allez peut-être trouver cela usant, mais être toute nue, au milieu de tous ces gens, moi qui, de surcroît, détestais mon corps, était loin d'être aisé. Et pour ceux d'entre vous qui en douteraient – ah, quel chiqué elle nous fait, cette Gaëlle Roelec, puisque personne ne peut voir ses fesses… –, je vous mets au défi de tenter le coup, pour peu, bien sûr, que ma Jojo accepte de divulguer les ingrédients de sa potion. Ah, mon Gabin, que n'étais-je pas prête à faire pour partager un peu de temps avec toi !

La pièce attenante était un genre de cellier dans lequel on avait entreposé des cartons, des caisses en plastique, des sacs de vêtements, des trousses à pharmacie. Elle était séparée en deux parties : sur le mur de droite, on avait inscrit à la main « à emporter par la prod », sur celui de gauche, en face, « à récupérer par les habitants ».

Je devais me trouver dans une sorte de sas où le monde extérieur entrait en contact avec les candidats de La Maison. J'y regardai de plus près et reconnus, dans un des sacs, une chemise noire avec un liseré blanc que Gabin avait portée lors d'un *prime* précédent. Mon cœur battait la chamade, j'étais tout près du but. Encore quelques mètres, et je serais à ses côtés.

Je m'assis sur un vieux fauteuil en attendant que la ruche termine sa ronde. À cet instant, les candidats n'étaient pas présents : seuls les techniciens et les salariés de la société de production s'affairaient. J'observai leur rituel avec intérêt. Leur façon de s'apostropher par des « salut, ça va ? », de demander « tu fais quoi après ? », de noter « bah ouais, il en reste un peu », et de se résigner « si y a pas d'embrouille d'ici là, on devrait pouvoir se tirer vers une heure du matin ».

Une heure du matin… Je devais absolument me préoccuper de l'heure. Il était impensable que quelqu'un découvre ma présence alors que mes vêtements étaient dans la voiture. Quelle heure pouvait-il bien être ?

L'une des jeunes femmes présentes, appliquée à garnir de mousse des coussins multicolores, portait une énorme montre à son poignet. Je tendis le cou vers l'avant-bras de la fille. Il était minuit et quart. Minuit et quart ! Cela faisait donc plus d'une demi-heure que j'étais sortie de la voiture. En comptant large, il me restait à peine plus d'un quart d'heure avant d'être forcée de rebrousser chemin. C'était si peu.

Brusquement, la pièce se vida et l'obscurité remplaça la luminosité des néons tapageurs. Je déglutis, inquiète de cette soudaine pénombre. Une énorme alarme vrilla mes tympans : je sursautai de stupeur. Avait-on remarqué une présence indésirable ? Avais-je laissé des traces ? Allaient-ils appeler la police ? Pourquoi je me fichais toujours dans des situations impossibles ? Tout se mélangeait. Ma salive s'épaissit, une sueur glacée coula dans mon dos, mon ventre se tordit. Ma panique était telle que je me levai d'un coup pour frapper à la porte et supplier qu'on me laisse sortir, sans penser qu'il me suffisait d'actionner la poignée pour l'ouvrir. Je me voyais déjà, coincée là jusqu'à la fin des temps, entre une pile de linge sale, un tableau en carton-pâte, des vieilles caméras et des boîtes de Vache-qui-rit. N'était-ce pas une mort bien stupide, à l'image de tous mes choix et de mon existence entière ? Mais méritais-je mieux que ça, en fin de compte ?

Tout à coup, une voix profonde résonna dans un haut-parleur que je n'avais pas remarqué et stoppa net le coup que j'allais mettre à la porte :

« *Habitants, habitantes, JE vous informe que le réassort est terminé. Trois d'entre vous sont priés de se rendre immédiatement dans la cabane pour récupérer ce qui doit être pris.* »

L'intonation m'était familière, la façon d'articuler les mots et d'agencer les phrases aussi. C'était la fameuse *voix off* qui régentait la vie des habitants de La Maison, leur confiait des missions, leur imposait des défis et rythmait leurs activités. Cette voix était, je crois, leur unique contact avec l'extérieur. En l'entendant pour de vrai, et non pas, comme à chaque fois, par le biais des enceintes de ma télévision ou de mon ordinateur, je me sentis pénétrée d'un étrange soulagement. J'étais au bon endroit et ma virée de ce soir allait bientôt trouver son épilogue. Je n'étais plus qu'à deux doigts de retrouver mon très cher Gabin.

Une porte, située du côté opposé à celle que la production venait de fermer, s'ouvrit dans un grand fracas. De nouveau, une lumière intense me brûla les rétines et me força à couvrir mes yeux pour ne pas être éblouie. Trois voix d'homme résonnèrent. Malgré le fait que, cette fois, les inflexions et les accents me parvenaient sans les filtres habituels que constituaient les chuintements de mon téléviseur ou de mon PC, je les reconnus immédiatement. Il faut dire que j'avais suivi avec une assiduité folle chacune des aventures des protagonistes de cette émission. Il y avait l'accent du sud de ce prétentieux de Raphaël, la prononciation molle de Terence et… cette voix, mon Dieu, cette voix, sublime, parfaite entre toutes, de mon Gabin. Je baissai ma main pour découvrir que l'homme de ma vie se tenait à un mètre de moi. Dans ma poitrine, mon cœur faisait des bonds qui remontaient dans mes tempes et dans mes lèvres. Il était encore plus beau que dans mes souvenirs, plus grand, plus large, plus élégant, plus tout. Je me liquéfiai, partagée entre l'envie de prendre mes jambes à mon cou – qu'est-ce que je fichais là, qu'allait-il penser de moi et tout le toutim habituel – et celle de lui signifier ma présence et de le voir s'intéresser à ma toute petite personne de rien du tout. J'avais chaud. J'avais froid. J'étais bien et terriblement mal.

J'étais si impressionnée par son charisme et par le souvenir du romantisme dont il avait fait preuve lors de notre rencontre que j'étais paralysée. Le seul mouvement que j'effectuai fut guidé par un instinct animal de conservation : j'attrapai une robe qui était pliée sur le tas de linge propre et la posai contre moi, pour cacher mon corps dénudé, avant de la balancer illico par terre en me maudissant intérieurement, atterrée par ma crétinerie. Heureusement, les trois garçons, qui étaient maintenant dos à moi, ne se rendirent compte de rien et n'eurent pas à réaliser que, derrière eux, une robe à volants framboise dansait dans le vide. À peine eurent-ils la surprise de constater qu'un vêtement avait été mis en boule par terre.

Quand je vis Gabin s'approcher de moi pour la ramasser, je me mordis les joues pour calmer ma respiration. Ce jeune homme me faisait un effet fou. J'étais littéralement tombée sous son charme. Et rien n'avait altéré cela, ni le temps de notre séparation, ni la distance que ce mur de pacotille, fait d'écrans-télé, nous avait imposée.

Tandis qu'il s'avançait vers moi, je reculai pour ne pas fondre sur place, sans prendre garde à l'étagère en métal qui était collée contre le mur. Je me cognai et fis tomber une pile de gobelets, sous le regard ahuri de Gabin. Il sourit. Et, à cet instant, j'eus la certitude que ce sourire m'était directement adressé. Plus rien n'existait. Il y avait lui, et il y avait moi. Tout le reste n'était qu'un décor, à l'image de ces éléments en polystyrène qui gisaient sur le sol de la cabane, qui, sur ce coup, me parut aussi jolie qu'un château. Il était mon prince, j'étais sa princesse. Dit de cette façon, ça a l'air gnangnan. Justine dirait même que c'est franchement cucul la praline. Elle se ficherait de moi, c'est certain. Mais je n'y peux rien : c'est l'amour qui veut ça.

Malheureusement, ma rêverie magnifique fut de courte durée.

— Eh oh, lança une voix féminine à l'extérieur, y a tout ce qu'on avait commandé ?

Je n'eus aucun doute : cette voix mielleuse et surfaite appartenait à cette pimbêche de Sandra qui tournait autour de Gabin depuis leur arrivée dans La Maison.

— On va tout sortir, répondit Raphaël, on fera le bilan ensemble dehors.

— 'Tain, j'espère qu'ils ont pas encore oublié mon shampoing pour cheveux secs. Mes cheveux sont tout poisseux avec ç'ui de Mel… cria-t-elle encore.

— Même sans ça, t'es plutôt vilaine de toute façon, pouffa Raphaël à voix basse. Le shampoing pourra rien pour toi.

Terence éclata de rire pendant que Gabin temporisa :

— Sois pas vache avec elle…

« Sois pas vache avec elle » pouvait vouloir dire deux choses : sois gentil avec elle parce que c'est une fille sympa et qu'elle mérite d'être traitée avec plus de respect, ou sois gentil avec elle parce que j'aime bien cette nana. Si la première version était tout à l'honneur de mon chevaleresque prince charmant, la seconde me tordit l'estomac. Je penchai la tête pour apercevoir la Sandra : habillée d'un short ultra court et d'un débardeur brillant, elle n'avait aucune classe. À la limite, et contrairement à ce qu'elle affirmait, elle avait de beaux cheveux. Mais c'était bien son seul et unique atout. Pas de doute, il ne pouvait pas en pincer pour elle. Non, il réclamait un peu de respect à son égard, tout comme n'importe quel gentleman le ferait.

Quand même. L'heure tournait, j'allais devoir rejoindre mes pénates quand elle, elle allait pouvoir passer les prochains jours avec lui. Quelle injustice.

— Si y a pas mon shampoing, j'te jure, je fais un malheur ! prévint-elle.

Après plusieurs voyages, les trois garçons achevèrent de récupérer l'arrivage. Ils éteignirent la lumière et sortirent, me laissant de nouveau seule, mais profondément revigorée d'avoir pu me tenir près de Gabin et d'avoir pu respirer le même air que lui.

La cabane ne disposait pas d'horloge. Aussi, je n'avais aucune idée du temps qu'il me restait. Mais, par bonheur, ma bonne étoile veillait.

« *Habitants, habitantes, JE vous informe qu'il est à présent minuit trente. Vous êtes tous attendus au bord de la piscine pour un bain mémorable. Le maillot de bain est conseillé.* »

Des cris et des acclamations accueillirent la nouvelle. Quant à moi, je devais faire vite. Il ne me restait que quinze minutes pour rejoindre ma voiture.

J'ouvris très doucement la porte côté couloir, juste assez pour m'y couler. Je la refermai avec force précautions et, dès que je fus certaine qu'elle ne claquerait plus, je décampai à toute vitesse. J'aime autant vous prévenir : courir sans rien sur le dos est un peu perturbant. On se sent très vulnérable, et très nulle, surtout quand on zigzague entre des personnes qu'on veut à tout prix éviter de toucher… Je vous laisse imaginer mon état : je courais à en perdre haleine, ma poitrine rebondissait dans tous les sens – je ne vous parle même pas de mes fesses –, mon visage était en feu. Mes cuisses chantaient la symphonie des cuisses-qui-se-touchent au rythme des petits cris que je laissais échapper tellement la plante de mes pieds était douloureuse à force d'atterrir sur des surfaces irrégulières. Bref, je n'étais pas à mon avantage. Mais alors pas du tout.

Au bout de plusieurs minutes d'une course effrénée, j'arrivai dans la rue. J'aperçus la voiture qui attendait là, bien sagement, comme si de rien n'était. Sa tranquillité contrastait avec ma grande nervosité, mon souffle haletant et mon cœur au bord de l'apoplexie. J'ouvris la portière, me jetai sur le siège arrière, épuisée, ridicule, transpirante, échevelée – sûrement –, mais très, très fière de moi. Étais-je pour autant prête à recommencer ? Le jeu en valait-il la chandelle ? Rien n'était moins sûr.

Une interrogation me taraudait pourtant : et si cette Sandra, son short ultra court, son débardeur, sa cascade de cheveux et sa vulgarité parvenaient à lui faire tourner la tête ?

CHAPITRE X

Dans le creux de la nuit, une idée s'était fait jour dans mon esprit. Une idée qui me donnait le tournis et échauffait mes joues... Une idée qui me permettrait de marquer à jamais mon Gabin...

Le lendemain, Estelle arborait encore ses yeux de panda. Professionnelle jusqu'au bout des ongles, elle s'évertuait à dissimuler ses sanglots derrière des sourires mécaniques qui ne trompaient personne et surtout pas moi. Dès qu'elle était face à un client, son sens du commerce reprenait le dessus. Elle servait les pains aux céréales, les chaussons aux pommes et les brochettes aux olives avec bonhomie, n'omettant jamais de prononcer un petit mot gentil au moment où elle rendait la monnaie. Mais dès que nous nous retrouvions seules, ou dès que la confection d'un paquet monté la poussait à tourner le dos à l'étal de viennoiseries et à la file d'attente, les sanglots n'étaient jamais loin. Je voyais, à sa façon de rentrer la tête dans ses épaules, ou de tordre son dos, ou encore de plier ses doigts sur ses joues, à quel point elle devait faire un effort surhumain pour ne pas laisser se déverser le torrent de larmes qui l'assaillait.

« Comment va votre épouse ? Ça fait longtemps qu'elle n'est pas venue. », « vous avez retrouvé vos clés la dernière fois ? », « je vous mets une tradition de côté pour demain ? », « dès que vous arrivez chez vous, sortez le pain du plastique et enfermez-le dans un torchon propre, il se conservera mieux. » Estelle ne s'obligeait pas à être aimable. Elle était naturellement gentille : elle ne se forçait pas et les gens, qui le sentaient, revenaient dans notre boutique, entre autres, pour cette raison. Elle était une sorte de bonbon tout doux qui ne paye pas de mine, mais qui, une fois en bouche, vous rassure. C'est certainement pour cette raison que M. Sylvestre venait prendre son thé dans le magasin. Pour cette raison, que la dame aux huit croissants hebdomadaires ne se contentait pas de payer et de s'en aller mais grignotait quelques miettes sur un des mange-debout en écoutant la mélopée des commandes et des encaissements. Pour cette raison que le petit garçon tirait sur la main de sa nounou depuis le haut de la rue jusqu'à ce qu'ils arrivent à la hauteur de Milard et Compagnie. Pour cette raison que les habitants du quartier nous saluaient quand ils passaient devant l'entrée, même s'ils n'achetaient rien.

Je l'aimais bien, Estelle. Ce n'était certes pas une amie, mais c'était une collègue des plus agréables. La voir dans cet état me peinait, mais j'avais du mal à éprouver de l'empathie pour cette fille qui, selon moi, avait une tendance certaine à se fourrer dans tous les problèmes imaginables. Je ne me montre pas sous mon meilleur jour en avouant cela, mais je dois bien reconnaître que je ne comprends pas les gens qui vont chercher les bâtons pour se faire battre. Estelle me semblait être de ceux-là. Pour ma part, même si j'ai une forte tendance à m'apitoyer sur moi-même, comme en témoignent mes multiples séances de grignotage de M&M's sur mon canapé, je tolérais peu ce défaut chez les autres. « Aide-toi, le ciel t'aidera », c'est mon père qui m'a appris cela.

Je n'étais donc pas ce qu'on pouvait appeler la copine idéale : je consolais mal, je ne trouvais jamais les bons mots pour soulager les peines. Même Justine me le reprochait : « *Quand ça va pas, vaut mieux aller chez le dentiste plutôt que venir te causer* », me répétait-elle souvent. Elle n'avait pas tort. Et ce jour-là, comme tous les autres à vrai dire, je n'étais pas l'oreille attentive dont Estelle avait besoin.

Sans compter que ma dernière expédition m'avait plongée dans une grande euphorie. Là où je me trouvais, en haut de cette montagne de félicité, rien ne pouvait m'atteindre. Même pas les problèmes de ma collègue, qui étaient nombreux et dans lesquels elle paraissait s'embourber avec plaisir sans réelle intention de s'en sortir. J'étais certaine qu'elle réclamait avant tout de l'attention. Selon moi, elle ne cherchait qu'à attirer la sympathie en s'inventant tout un tas de difficultés. J'étais loin du compte. Complètement à côté de la plaque : obsédée par Gabin et mon invisibilité, je n'étais pas disponible pour être l'épaule sur laquelle elle aurait pu s'épancher.

L'heure de la fermeture avait sonné. Après avoir baissé le rideau métallique et servi les derniers clients qui tentaient de s'infiltrer par le petit espace entre le rideau et le sol – « i'vous resterait pas juste une moitié de baguette par hasard ? » –, j'astiquais la vitrine à l'aide d'un produit à vitre et d'un chiffon humide. Estelle, elle, comptait et recomptait la caisse. Une erreur s'était glissée dans le total enregistré et elle s'échinait à retrouver les causes de l'écart constaté, repassant avec attention sur l'ensemble des transactions de la journée, que notre caisse dernier cri ressortait, dans un jet continu de tickets garantis sans bisphénol A. Les yeux rivés sur ces reçus et sa calculatrice, la responsable de la boutique s'énervait de ce compte toujours faux, quoi qu'elle fasse : elle soufflait, maugréait, reniflait, essuyait ses yeux discrètement. Son maquillage s'était fait la malle depuis belle lurette : ne restaient plus que des lambeaux de mascara qui pendaient tristement à ses cils, derrière ses culs de bouteille. Estelle était à la limite de l'épuisement.

— Tu veux que je jette un coup d'œil ? proposai-je.
— Pas la peine, trancha-t-elle avec une grimace.

Je haussai les épaules. Difficile d'aider quelqu'un qui s'entêtait à refuser la main tendue. Je me sentis pourtant forcée d'insister, mal à l'aise de l'abandonner à son chagrin alors que, de mon côté, ma nouvelle résolution m'enthousiasmait au plus haut point. Au fil des dernières heures, mon euphorie et mon excitation étaient allées croissant. Car j'avais pris la décision de retourner ce soir aux abords de La Maison. Et j'avais une intention très précise en tête. Cette fois, je ne me contenterais pas de respirer un parfum ou d'écouter les élucubrations « shampouinesques » d'une bécasse en mini short. Cette fois, je ferais mieux, et plus. Beaucoup plus.

— Si tu as besoin de parler, je suis là…
— C'est sympa, répondit-elle sans lever les yeux de ses comptes. Mais tu ne pourrais pas m'aider.
— Y a peu de chances, c'est vrai, rétorquai-je dans la foulée, regrettant immédiatement mes paroles si peu délicates.

Estelle daigna me regarder et esquissa un demi-sourire de ses lèvres pincées.

— Tu te souviens, quand je t'avais parlé de mes problèmes d'argent ?

— Oui, parfaitement. Tu as pu voir avec M. Milard pour l'avance ?

— Il m'a avancé un mois de salaire, il a été très sympa…

— Et ça ne t'a pas beaucoup arrangée, j'ai l'impression…

Un sanglot s'invita.

— Je me suis mise dans la merde, Gaëlle…

Elle avait prononcé ces paroles avec une voix serrée, empêtrée de tristesse et de… honte ? D'ordinaire, ma collègue s'efforçait d'utiliser un vocabulaire châtié. Je crois même n'avoir jamais entendu un seul gros mot dans sa bouche. Sauf ce jour-là. Et ce « je me suis mise dans la merde » contrastait drôlement avec sa manière habituelle de parler. L'heure était grave. Suffisamment du moins, pour que mon esprit mette de côté, pour quelques minutes, l'idée dingue et saugrenue mais tellement délicieuse qui s'était emparée de moi depuis la nuit précédente.

— Ce n'est sans doute pas aussi grave que tu le penses, fis-je sans conviction, histoire surtout de ne pas laisser un silence embarrassé s'installer.

Je posai mon chiffon sur la vitre transparente. Elle, elle regarda la caisse et le tas de tickets qui s'enchevêtraient devant elle, posa son crayon, ferma la porte coulissante qui donnait sur l'arrière-boutique et prit une bouffée d'air.

— Tu connais l'expression « l'amour rend aveugle » ?

Quelle question ! Qui ne connaît pas cet adage ? Pour toute réponse, je hochai la tête pour l'inviter à poursuivre.

— Eh ben voilà, poursuivit-elle, je me suis encore fait avoir.

Allons bon, une nouvelle histoire de mec. C'était donc moins grave que ce que j'avais imaginé. Elle était amoureuse, il l'avait trompée, et voilà tout. C'était à ça que ressemblait l'existence d'Estelle. Elle avait le don pour tomber sur les types les moins fidèles qui soient. De là à dire qu'elle les attirait… Je m'apprêtai à énoncer les phrases réglementaires, comme quoi la plupart des hommes étaient des salauds, mais qu'il fallait continuer à y croire – ce que je faisais, moi, et ça me portait plutôt bonheur, avais-je la faiblesse de croire et l'envie d'ajouter –, qu'un jour elle rencontrerait un garçon bien, que ce jour-là, elle le saurait au premier regard, et bla-bla, et bla-bla, des mots de consolation ordinaires qui auraient été prononcés par une fille qui n'avait jamais su consoler personne, avant de reprendre mon chiffon et de me remettre à nettoyer la vitre.

— J'ai cru que c'était le bon, tu vois. J'étais persuadée que je pouvais avoir confiance en lui…

Je la fixais de l'air de celle qui voyait très bien, qui savait, qui connaissait les choses de l'amour sur le bout des doigts, vu que j'avais moi-même réussi à trouver l'homme de ma vie et que je vivais l'histoire la plus merveilleuse du monde. Dans ma tête, j'étais donc devenue experte, docteur *ès love*. Pour asseoir ma position, j'allais même jusqu'à prononcer des « mmh mmh » inspirés, tel un généraliste qui entendrait une liste de symptômes et serait sur le point d'en conclure son diagnostic.

— Le problème, c'est que j'ai rien vu venir. Je sais que je suis naïve, mais y a rien à faire, c'est ma nature…

— Mmh, mmh…

— À l'origine, il était réglo. Enfin, ça a duré deux mois.

— Mmh, mmh, mmh…

— Il la voulait tellement sa moto. Comment j'aurais pu lui refuser ça ? Je me sens tellement crétine. J'y ai cru, moi, à ses promesses. Comme à toutes celles qu'on me fait, d'ailleurs…

— Mmh, mmh,…

— J'en ai pour trois ans.

— Mmh, mmh… trois ans… trois ans de quoi ?

— À payer, le crédit court sur trois années.

Je faillis avaler ma salive de travers. J'avais peur de comprendre ce qu'elle m'expliquait.

— De quel crédit tu parles ?

— Bah, celui pour la moto, je viens de te le dire.

— Mais la moto, c'était pour ton gars ?

— Oui…

— Et le crédit, pourquoi il est à ton nom ?

— Parce qu'il est interdit bancaire. Il ne peut plus prendre de crédit.

— Combien ?

— Cinq cents, tous les mois, pendant trois ans. Il me reste deux ans et six mois.

Cinq cents euros, voilà qui grève sacrément un budget. Surtout lorsqu'on connaît les difficultés financières que rencontrait Estelle. J'attrapai la calculatrice qu'elle avait délaissée. Cela donnait un total de

18 000 €. Pour une moto, ce n'était pas donné. Le type ne s'était pas fait plaisir à moitié.

— Vends-la.
— Impossible, renifla-t-elle.
— Si c'est toi qui payes, alors elle est à toi. Tu n'as pas à avoir de scrupules, c'est lui qui devrait avoir honte de ne pas te rembourser.
— C'est impossible j'te dis, répéta-t-elle. La moto, elle est à son nom.
— De quoi ? m'étranglai-je. Tu as signé un crédit pour une moto qui ne t'appartient même pas ?

Estelle rentra la tête dans les épaules. Elle ressemblait à un petit chiot apeuré qui craint la remontrance après avoir dévoré les pieds du lit.

— Je sais, je n'aurais jamais dû faire ça. J'avais confiance. Honnêtement, je pensais pas qu'il pouvait me faire un coup pareil…
— Tu le connaissais depuis longtemps ?
— On était ensemble depuis un peu plus de deux mois au moment où ça s'est décidé.

Je n'en croyais pas mes oreilles. Ok, j'étais naïve. Ok, j'étais sans doute trop fleur bleue et ça m'avait joué des tours dans le passé. Ok, je n'étais sans doute pas la référence pour laquelle je me faisais passer. Mais là, c'était hallucinant. Comment Estelle avait-elle pu accepter de contracter un crédit, pour payer une moto à un type qu'elle connaissait à peine ? Et comment un homme pouvait-il oser demander ça à une fille avec de tels problèmes d'argent ? Mettre volontairement quelqu'un dans la panade, voilà quelque chose qui me révulsait. Ce n'était pas mon Gabin qui aurait fait une chose pareille. Loin de m'apaiser, cette pensée, au contraire, augmentait ma colère envers ce type.

— Tu as essayé de l'appeler pour lui expliquer ?
— Il ne répond plus…
— Et d'aller chez lui ? Tu sais où il habite…
— Bien sûr, mais il ouvre pas, tu penses… Même sur Facebook, il m'a bloquée.
— Et donc ?
— Et donc quoi ? Je suis coincée. À part payer, qu'est-ce que tu veux que je fasse ?

Je réfléchis. Effectivement, quelle autre solution avait-elle ? Au regard de la loi, la moto appartenait à l'ex d'Estelle. Peu importait que ce fût elle qui honorait les mensualités.

— Ouais, c'est pas simple ton affaire.
— Comme tu dis…

Elle se mit à pleurer. La voir dans cet état était un supplice. J'avais beau me répéter que je m'apprêtais à passer l'une des plus belles soirées de mon existence, je ne pouvais me résoudre à être totalement heureuse tandis que ma collègue, qui était foncièrement aimable, était si bouleversée.

Un peu plus tard, devant la boutique, au moment de nous quitter, je pianotai sur l'écran de mon smartphone.

— Il s'appelle comment ton type ? m'enquis-je, surtout par curiosité. Je voulais savoir quelle tête pouvait avoir un empaffé pareil.
— Dylan Pirot.

Dylan. Il fallait bien avouer qu'il ne partait déjà pas gagnant avec un prénom pareil… Mais hors de question de me laisser attendrir par un capital familial désastreux.

Cela ne lui donnait pas le droit d'agir de façon si odieuse.

— Tu veux que je regarde sur Facebook où il en est ?

— Oui, si tu veux, même si ça changera rien, nota-t-elle, résignée.

Immédiatement, je demandais ce Dylan Pirot en ami. Il accepta mon invitation dans la foulée et j'eus accès à toutes ses photos et à toute son existence virtuelle que je fis défiler pendant que, par-dessus mon épaule, Estelle commentait avec aigreur.

— Je sais pas comment j'ai pu être aussi bête.

Je me pinçais les lèvres pour ne pas répondre « moi non plus ». Le type n'avait pas grand-chose pour lui. Il n'était pas très beau et, compte tenu du niveau de ses posts, ne semblait pas d'une intelligence à toute épreuve. À des années-lumière de mon Gabin, que j'allais revoir d'ici quelques heures. D'ailleurs, j'en frémissais d'avance. Pour garder le contrôle, je poursuivis mon exploration de la vie de ce pauvre type. Soudain, au détour d'un message, une adresse.

— J'y crois pas, rugit Estelle, il a même mis son adresse. Faut vraiment être truffe. Remarque, qui se ressemble s'assemble, pas vrai ?

Elle me salua d'un air fataliste avant de se retourner et de partir. Je la regardai s'éloigner dans la fraîcheur de décembre tandis que les décorations scintillantes de la rue mettaient en lumière la démarche rapide, courbée, la main qui tenait un kleenex, le coude qui montait et qui descendait pour permettre au bras d'essuyer les larmes qui n'arrêtaient pas de dévaler le long des joues d'une face congestionnée de pleurs à peine contenus. Devant cette silhouette qui s'effaçait dans la brume et les phares de la circulation dense, je me trouvais face à un dilemme. Quel était le plus important : rester fidèle à mes plans en retournant ce soir comme prévu dans La Maison, ou, plutôt, tenter de donner un coup de pouce à Estelle ?

CHAPITRE XI

Je pénétrai dans la bouche de métro. J'étais très hésitante : d'un côté, je m'étais fait une telle joie de retourner dans La Maison pour revoir mon Gabin que la perspective d'ajourner mes projets me chagrinait beaucoup. Vous m'opposerez que cela ne faisait que retarder la chose d'un jour ou deux. Oui. Mais non. Un jour ou deux, c'était une éternité. Et qui sait, ne serait-ce pas le délai nécessaire à cette Sandra pour attraper Gabin dans ses filets ? Et si la production décidait de les envoyer tous les deux dans une des *love room*, justement ce soir ? Comment pourrais-je alors me pardonner de ne pas avoir pu empêcher ça ? J'avais toute confiance en Gabin, là n'était pas la question. Mais je ne sentais pas cette fille et je n'aimais pas ses tentatives d'approche… Depuis la toute première émission, cette affaire me turlupinait. J'essayais de ne pas me focaliser sur les œillades sans équivoque que Sandra lançait à mon homme, ses paroles chargées de double sens, ses gestes aguicheurs que les caméras surprenaient toujours et que la production prenait un malin plaisir à diffuser dans la quotidienne. Je tâchais également de faire abstraction des commentaires que je lisais sur les réseaux sociaux, de tous ces téléspectateurs préadolescents qui encourageaient une histoire entre MON homme et cette pauvre fille qui n'avait pas inventé le fil à couper le beurre : « Comment ils vont trop bien ensemble ! », « décide-toi Gab, elle va pas t'attendre six mois », et autres « t'es mou ou quoi ? Je me la ferais bien à ta place » me transperçaient le cœur. Combien de fois me suis-je retenue de répondre que c'était pour moi qu'il ne répondait pas à ses avances, pour moi, parce que j'étais la femme de sa vie et qu'il ne pensait qu'à moi depuis notre rencontre à la gare, qu'il n'avait d'autre envie que celle de me retrouver à l'issue de son aventure, que nous serions heureux et que nous aurions beaucoup d'enfants, que Blanche Neige pouvait aller se rhabiller, qu'à côté de notre histoire, la sienne était d'une mortelle platitude, avec ses nains et sa sorcière de belle-mère. Les semaines passaient et n'avaient pas eu raison de mes convictions. Pour autant, une alarme sonnait en moi : tôt ou tard, Sandra – seule ou avec l'aide de cette foutue production sadique – parviendrait à ses fins. Je devais donc faire vite si je ne voulais pas perdre tout à fait mon Gabin. J'étais convaincue que c'était presque une question d'heures.

De l'autre côté, il y avait Estelle, sa mine contrite, ses larmes inconsolables, ses problèmes plus gros qu'elle qui la minaient et l'empêchaient de voir son avenir avec sérénité. Elle n'était assurément pas maligne d'avoir signé ce crédit sans aucune garantie, mais elle ne méritait pas ce qui lui arrivait. Son abruti d'ex avait dépassé les bornes. Comment pouvait-on être aussi cynique et malfaisant ? Je n'étais pas née de la dernière pluie, mais tant de méchanceté me dépassait. Il me semblait tellement injuste qu'on puisse profiter de la générosité des gens sans même un revers de bâton…

J'en étais là de mes réflexions, lorsque la musique s'immisça dans mes oreilles. Le chanteur était posté à sa place habituelle, entre la ligne 14 et le couloir qui mène à la station Saint-Lazare. Les yeux fermés, la guitare en bandoulière, il se balançait d'un pied sur l'autre au rythme de la mélodie. À le voir ainsi concentré, on ne pouvait que constater à quel point il était habité par son art. Il ne chantait pas seulement, il ne jouait pas juste un morceau sur son instrument. C'était au-delà de ça. On aurait dit qu'il voyageait et qu'il emportait le monde entier dans son sillage. D'ailleurs, les badauds ne s'y trompaient pas : beaucoup ralentissaient pour l'écouter et je reconnus parmi eux quelques têtes familières qui devaient avoir les mêmes horaires que moi.

À chaque fois, sa musique me procurait un grand réconfort en même temps qu'elle me bouleversait, sans que je puisse en expliquer la raison. La voix de ce jeune homme était un cadeau, son sens de la musique un petit miracle. Qu'il y ait des personnes ou pas pour l'écouter paraissait peu lui importer. D'ailleurs, comme il gardait les paupières closes, il ne pouvait savoir si les passants étaient réceptifs ou non. Sans doute s'en fichait-il : il était là pour la musique, c'était évident, et seul cet amour-là le portait.

Encore une fois, je suspendis ma course à son chant et demeurai face à lui, transportée. En l'écoutant, je n'étais plus dans le métro, je ne sentais plus les odeurs désagréables, je n'étais plus seule dans cette grande ville déguisée pour Noël, j'étais avec Justine, avec mon grand Papa, ma grand-mère Marie, ma Jojo, la mer paisible et ma petite ville de Trébeurden en fond. Le présent et le passé s'entremêlaient. Je revoyais mon enfance, Papa qui tenait mon vélo et se cognait contre mon casque rose pendant que ma jolie maman riait et applaudissait à tout rompre, Mamie Marie qui mettait la main sur sa bouche pour éviter de crier « attention » dès que je prenais un peu d'élan, ma Jojo qui pansait les plaies à mes genoux à coup de bisous magiques et de décoctions qui sentaient le thym et le jasmin, et dont elle avait le secret. Je revoyais Justine, qui caressait mes cheveux tandis que je pleurais sur son épaule parce que Valentin me trouvait trop grosse, la même Justine qui, une semaine plus tard, avait bourré le sac à dos dudit Valentin avec du papier toilette mouillé pour lui montrer ce qu'était un « gros » problème. Des gens m'aimaient. Ils n'étaient pas près de moi, mais ils m'aimaient. J'étais chanceuse. Et je devais rendre la pareille.

« Je te jure qu'il va te rembourser. »

Puis « pourvu que Gabin m'attende encore un peu. »

Portée par mon enthousiasme, j'avais dû prononcer ces phrases à voix haute car de nombreux regards dubitatifs convergèrent vers moi, y compris celui du musicien, qui, pour l'occasion, ouvrit des yeux ronds, sans pour autant interrompre son récital. Il sourit immédiatement. Gênée d'avoir entaillé la magie de son concert, je lui rendis son sourire en levant ma main en signe d'excuse. Il hocha la tête d'un air satisfait et retourna au-dedans de lui, les paupières fermées de nouveau, la musique comme unique univers.

Je repassai brièvement chez moi récupérer mon précieux flacon, effrayai, exprès, le chat de mon voisin qui me zieutait à travers la fenêtre, enfilai des vêtements confortables, saluai Mme Michelet que je croisai dans les escaliers et, sac à dos sur l'épaule, partis vers l'adresse indiquée sur le compte Facebook de ce dénommé Dylan.

Je n'avais pas de plan, juste l'intention de lui faire passer l'envie de se comporter comme un fumier.

Il habitait dans la banlieue nord de Paris, dans une cité HLM aux tours immenses et nombreuses. Après une dizaine de minutes de déambulation, je trouvai le bâtiment. Par chance, l'interphone ne fonctionnait pas et je pus pénétrer dans le hall sans difficulté. Une brève recherche sur les boîtes aux lettres m'apprit ce que je voulais savoir : ce Dylan Pirot habitait au troisième étage, appartement 32. Tout cela était très facile, presque trop.

Je nouai mes cheveux avant de m'engouffrer dans l'ascenseur, non sans une petite pointe d'appréhension. Ce Dylan Pirot n'allait sûrement pas me réserver un accueil cinq étoiles et je devais m'attendre à un rapport de forces, ce que je détestais par-dessus tout. Il faut dire que, depuis toute petite, les conflits ne se terminaient jamais en ma faveur : je manquais cruellement de répartie, et me trouvais bien vite à balbutier des excuses navrantes dès que quelqu'un élevait la voix ou montrait des signes d'énervement. Comble de tout, invariablement, je culpabilisais ensuite, même si les reproches qu'on me lançait étaient du grand n'importe quoi. Comme une gamine sur laquelle un adulte crierait, et qui finirait par être persuadée d'avoir commis cette faute dont on l'accuse. Vous savez, je suis ce genre de filles qui perd ses moyens dès qu'on la prend à rebrousse-poil. Je fuis donc toutes les situations où je peux potentiellement me retrouver en mauvaise posture. Là, je n'avais plus le choix. Maintenant que j'étais dans cet immeuble…

Parvenue sur le pas de la porte, je sortis la fiole. Le liquide épais tanguait au niveau cinq. Cinq doses. Cinq possibilités. Nous étions loin des huit possibilités initiales. Cinq, c'est très peu. Je ne pouvais pas me permettre de gâcher une seule de ces inestimables gouttes. Je devais donc être certaine que l'homme à la moto se trouvait chez lui.

Je sonnais. Une fois. Deux fois. Personne ne répondit. Je m'apprêtais à remiser mes idées de vengeance et à reprendre l'ascenseur quand la porte s'ébranla.

— Ouais ? fit une voix ensommeillée.
— Euh…

Le rouge me montait aux joues. Mes yeux allaient et venaient entre les pieds du type, son torse, ses mains, re ses pieds, re son torse, l'encadrement de la porte. Bref, partout où ses yeux à lui n'étaient pas. Pourquoi n'avais-je pas prévu mon affaire ? Quelle espèce de sotte étais-je pour sonner chez les gens sans avoir préalablement préparé un petit discours ? Il voyait mon malaise, bien sûr qu'il le voyait, d'ailleurs il aurait été difficile de passer à côté tellement il scintillait comme un nez rouge sur ma figure.

— Je viens pour savoir si ma sœur a laissé ses clés chez vous ? mentis-je innocemment.

Bobards, bobards, bobards. J'avais la sensation qu'un néon clignotait sur mon front. Il allait me foutre dehors, ça n'allait pas tarder… Mais non. Au lieu de ça, il passa ses doigts dans ses cheveux rasés et fit la moue.

— C'est qui, vot'sœur ?
— Elle habite… en haut.
— En haut ?
— Oui, en haut, au-dessus.

Pour compléter ma description, je tendis mon index vers le plafond.

— L'étage ?

— Ah, l'étage ? Ouh, alors, l'étage, c'est, c'est... mince, c'est idiot, je me rappelle...

Je m'aperçus que le gars portait le chiffre 8 sur son tee-shirt froissé.

— Le 8 ! m'exclamai-je. Elle habite au huitième !

Bobards. Bobards. Bobards. Ce n'était plus un néon, c'était carrément tout le carnaval de Rio sur ma tête.

— Une fille au huitième... connais pas...

Ok, j'avais la certitude qu'il était chez lui, je n'allais pas traîner plus longtemps. Avant de tourner les talons, je devais quand même m'assurer d'une dernière chose. Après tout, on n'est jamais trop prudent.

— Vous vous appelez bien Théo ? Parce qu'elle m'a dit, va voir Théo au troisième, je lui laisse les clés et...

— Nan, c'est pas Théo ici. Moi, je m'appelle Dylan. Vous vous êtes gourée. En plus, y a pas de Théo à c't'étage...

— Ah bon ? Vous êtes sûr ?

Gaëlle, pourquoi t'insistes ? Il t'a dit qu'il s'appelait Dylan, c'est bon maintenant, prends la tangente.

Parfois, je vous jure, je me mettrais des baffes.

— T'es bien mignonne avec tes conneries mais faut que je dorme. Je te le répète, j'ai pas tes clés, ch'ais pas qui c'est ta sœur, et y a pas de Théo ici vu que je m'appelle Dylan. Et maintenant, tu vas faire chier quelqu'un d'autre.

Vlan, il me claqua la porte au nez. Il n'était pas commode le Dylan. Mais, s'il avait pour lui sa brusquerie, j'avais pour moi mon invisibilité. Et il allait voir ce qu'il allait voir.

Je repris l'ascenseur, fis mine de sortir de l'immeuble au cas où il m'espionnerait d'en haut, tournai au premier croisement et m'arrêtai un court instant avant de revenir sur mes pas. Je revins dans le hall, pénétrai dans le local vélo que personne n'avait pris la peine de fermer, dévissai la petite bouteille, déposai une goutte sur ma langue et patientai quelques minutes. Dès que je fus invisible, j'ôtai rapidement mes vêtements, en priant pour que personne ne me surprenne, rangeai mes affaires dans le sac à dos et dissimulai ce dernier entre le mur et un vieux vélo rouillé qui n'avait pas dû bouger de là depuis trente ans, au moins.

Pour ne pas effrayer d'éventuels locataires et éviter une promiscuité gênante pour tout le monde – enfin, surtout pour moi, étant donné que j'étais la seule à savoir que je me baladais complètement nue –, j'empruntai les escaliers et grimpai au troisième étage. Là, je sonnai.

Driing

J'entendis un « putain, fais chier, merde » peu amène. Puis plus rien. J'insistai, plus fort.

Driiiiiiiiinnng.

« Oh merde ! Ça va pas s'arrêter ou quoi ? »

Le silence, de nouveau. Il n'allait pas venir ouvrir. Je changeai de stratégie et frappai sans discontinuer, jusqu'à ce qu'enfin, le Dylan, son tee-shirt pas repassé et sa tête d'empeigne daignent ouvrir la porte, dans un mouvement brusque. La fureur se lisait sur son visage. Mais elle a très vite laissé la place à une sorte de trouble quand le type réalisa que rien ne se tenait devant lui et que le seuil était vide de toute présence.

Il referma la porte en se grattant la tête – deux fois, donc, en moins de dix minutes, avait-il des poux ? La question méritait selon moi d'être posée… –, juste après que je me fus coulée dans l'entrebâillement.

Pendant que Dylan regagnait son lit en marmonnant des insultes, je m'accordai une petite visite, vite terminée compte tenu de la taille de son studio. Les volets roulants étaient presque clos, si bien que l'appartement était plongé dans une semi-pénombre peu engageante. Meublé très succinctement – un clic-clac, une table basse poussée contre la fenêtre, une télévision posée à même la moquette –, son habitat, ou plutôt son terrier devrais-je dire, était sale : des cadavres de bières et des canettes de soda éventrées jonchaient le sol, des assiettes en carton et des boîtes vides de pizza s'amoncelaient un peu partout. Une odeur de cannabis, de tabac froid, de mauvaise haleine et de transpiration acheva de me dégoûter. En plus d'être un enfoiré, cet homme n'était manifestement pas une fée du logis. Ce spécimen avait tout pour plaire, en somme…

Au bout de plusieurs secondes, le type finit par s'apaiser. Sa respiration, régulière, était entrecoupée de ronflements gras et profonds. Je souris et entrai en scène.

Je sautai à genoux sur le lit. Heureusement, il ne pouvait pas voir mes deux seins qui valdinguaient en cadence, ni mes fesses qui bloblotaient, ni mes cheveux qui se dénouaient d'eux-mêmes et devaient me donner l'air d'une dératée. Dans le cas contraire, sûr que ma crédibilité en aurait pris un sacré coup dans la figure.

Mais en attendant, Super-à-poil était de retour, bien décidée à rendre justice. Surpris par les mouvements de son plumard, Dylan sursautait et lançait des « Woh woh » au rythme de mes rebonds. Ses exclamations, d'abord envoyées sous le coup de la stupeur de se retrouver secoué comme un prunier sans raison apparente, se muèrent tranquillement en râles d'incompréhension avant de changer de registre et de tourner en bredouillements de frayeur.

« Mais qu'est-ce que… woh woh… qu'est-ce… wooooooh… woh woh woh… ? »

Sa mine était si décontenancée que je dus me pincer les joues pour ne pas rire. Avant de me dire que si, justement, j'avais le droit de rire puisqu'il ne pouvait pas savoir qui j'étais. Cela, pensai-je, ajouterait un peu de piment à mon effet. Je ris alors à gorge déployée, quitte à forcer un peu le trait. Après tout, j'étais là pour effrayer ce caïd à deux sous, je n'allais pas bouder mon plaisir. Dès qu'il m'entendit, il se figea, avant de ramener ses jambes contre son torse à toute vitesse et de se recroqueviller sur le haut de son lit.

— Qui… qui… est… là ? bégaya-t-il en tournant la tête dans tous les sens.

Je ris de plus belle. Je n'avais pas besoin de beaucoup me forcer, c'était tordant.

— Je… je… Vous êtes… qui ? Mon… montrez-vous… pu… put… putain…

J'attrapai un des oreillers et pan, sur son nez. Il dégringola de son lit et se retrouva les quatre fers en l'air sur sa moquette crado.

— C'est… pas… drôle… merde… je… allez… je….

Ah si, c'était rudement marrant au contraire, d'autant plus que la voix du gars, si assurée tout à l'heure quand il était face à une pauvre fille timide à la recherche de ses clés, grimpait maintenant dans les aigus, à la manière d'un collégien en pleine puberté.

Tout en continuant à rire, je me glissai sous la couette en prenant soin de ne pas respirer trop fort pour ne pas être asphyxiée par la mauvaise odeur qui régnait là-dessous– non mais, comment Estelle avait-elle pu coucher avec un type pareil ? Beurk. Ne pas y penser, ne pas y penser, ne pas y penser… –, et me mis debout, un drap sur la tête, en envoyant des aboiements graves que j'espérais impressionnants.

D'accord, le vieux drap troué qui fait « Ouh ouh » est un procédé un peu désuet. Plus personne n'imagine les fantômes de cette manière. N'empêche, je vous jure que ça fait son petit effet. Il n'y avait qu'à voir les yeux exorbités du Dylan, sa face livide, sa bouche qui remuait sans rien prononcer, ses doigts qui se cramponnaient au sol, ses orteils qui se tordaient…

— Je… je… je…

— Silence ! ordonnai-je de ma voix la plus gutturale.

Tremblant de tous ses membres, il opina du chef.

— Ouh ouh ouh, poursuivis-je en étendant les bras à la manière d'un épouvantail.

L'autre grimaça de terreur. Il chercha à reculer mais son dos, déjà collé au mur, refusait d'aller plus loin.

— Tu aimes les motos ? chuchotai-je cette fois, pour le surprendre un peu plus.

Il secoua la tête. Je n'étais pas certaine qu'il eût compris la question. Je répétai, d'une voix suraiguë cette fois :

— Bah si, t'aimes bien la moto…

Il lança un petit cri, avant de secouer son menton de haut en bas. Il ne comprenait pas davantage, l'effroi empêchant son cerveau de fonctionner. C'était décevant. Je remis mes bras le long du corps, haussai les épaules.

— Bon, bah on s'en fout, on va dire que t'aimes la moto.

Sur ce, j'ôtai le drap qui retomba sur le lit, en boule. Dylan suivit la chute de mon déguisement, avant de l'observer de loin, puis de se rapprocher avec précaution, et de l'examiner du bout des doigts. Je le laissai reprendre ses esprits. Il me le fallait en entier pour que j'assène le coup de grâce.

Dès qu'il parut suffisamment calmé, j'appuyai sur l'interrupteur. Cela produisit chez lui une réaction enfantine : il se cacha illico sous le drap et se mit à hurler. Là encore, j'attendis qu'il se détende avant de me rappeler à son bon souvenir. J'approchai à pas de loup et, dès que les cris se furent estompés, je soulevai un coin du drap et « bouh » !

Il rejeta le drap en arrière. Je repris mon costume et entamai la dernière partie de mon show.

— Tu as voulu la moto, tu payes la moto. Soit tu rembourses Estelle, soit je te hante jusqu'à la fin de tes jours.

— Oui… Estel… remb…
— C'est ça, chantai-je à présent, rends l'argent à Estelle, et ta vie sera belle.

Je me navrais moi-même : pouvait-on trouver une rime plus moche que celle-ci ? Cela fonctionnait, mais à l'avenir, il allait falloir que je fasse un petit effort de créativité. Super-à-Poil ne pouvait se contenter de répliques au ras des pâquerettes, une justicière se devait d'en imposer un max ! Heureusement que Gabin ne m'entendait pas, autrement qu'aurait-il pensé de sa promise ?

Le pauvre homme me faisait de la peine. Il était tellement apeuré que je craignais que son cœur lâche. Je décidai de mettre fin à sa torture.

— C'est bon, t'as compris ? Demain, tu lui rends son fric et je viens plus te titiller les doigts de pied.

Il acquiesça vivement. Vu son état, il aurait répondu « oui » à tout.

— Répète.

Il marmonna quelque chose que je ne compris pas. Je lançai mon pied contre le canapé et réprimai un hurlement de douleur.

— RÉ-PÈ-TEUUUU !
— Demain, je rends le fric à Estelle.

Je lui pinçai le nez.

— Ah bah tu vois, quand tu veux.

De nouveau, je tombai le drap, sur sa tête cette fois.

— Ciao !

Au moment où j'ouvris la porte d'entrée, il bredouilla :

— Mais vous êtes quoi, en fait ? Un genre de mort, c'est ça ?
— Une vieille tante d'Estelle. Alors sois cool maintenant, sinon j'hésiterai pas à inviter le reste de la famille pour venir te botter le cul.
— Oui madame.

« Oui madame ». Ce « Oui madame » n'était-il pas magnifique ? J'exultai tandis que je dévalais les marches. Restait à savoir si Dylan allait tenir sa promesse.

CHAPITRE XII

Pour le savoir, je n'eus pas à attendre très longtemps. Le lendemain, alors que j'étais en train d'épousseter des bocaux de confiture, j'aperçus Dylan, affublé d'une doudoune noire et d'un jean, qui faisait le poireau devant la boutique. Il n'en menait pas large. Il regardait Estelle, qui était de son côté occupée à réaliser un ballotin de chocolats pour une cliente en manteau de fourrure.

Dès qu'elle le remarqua, les traits de son visage se durcirent. Depuis la rue, l'autre lui fit signe de sortir. Il patienta le temps qu'elle termine.

Au moment d'encaisser la cliente, elle me chuchota :

— J'y crois pas, on en parlait hier. C'est lui, c'est Dylan, qu'est sur le trottoir. Il a franchement grossi depuis la dernière fois…

Je feignis la surprise.

— Ah ouais ? Je l'imaginais plus grand… m'empressai-je d'ajouter pour rendre mon étonnement plus crédible.

— C'est les photos, ça trompe… Qu'est-ce qu'il me veut à ton avis ?

— Aucune idée…

— Ça t'ennuie si je t'abandonne une paire de minutes ?

L'air de rien, je continuai à nettoyer les étagères en chantonnant une vieille chanson de Mika. Comme promis, deux minutes plus tard, elle déboula dans la boulangerie, une enveloppe tachée à la main. Elle arborait un sourire radieux.

— Tu devineras jamais ce que je tiens là…

Si, le montant de la moto en petites coupures. Mais je me gardais bien de le lui dire, tant je ne voulais pas gâcher le plaisir qu'elle allait prendre à me l'annoncer elle-même.

— Il vient de me rembourser !proclama-t-elle avant de se faire rabrouer par les pâtissiers du labo, en bas :
— Eh, les filles, ça bosse quand même un peu là-haut ou juste ça rigole ?

Elle reprit, un ton en dessous :

— Sa moto ! Tu te rappelles ? Je t'en ai parlé, le crédit à mon nom, tu sais ?
— Oui, vaguement.
— Eh bien, ça y est, il n'y a plus de problème, c'est fini la galère, Gaëlle ! TER-MI-NÉ !
— Ah, c'est génial, répondis-je d'une voix neutre.
— « Génial » ? Tu te rends pas compte ? Ça me sauve la vie ! Je vais même pouvoir faire des cadeaux à mes neveux. Je suis contente, tu peux pas savoir.

Elle tournait sur elle-même. Elle qui, depuis plusieurs semaines, avait le moral dans les chaussettes, sortait à présent la tête de l'eau. Et son bonheur faisait plaisir à voir.

— Quand même, ça veut dire que personne n'est franchement pourri. Au fond, c'était pas un mauvais garçon. Alors, il est pas mal en vrai, non ? Faudrait pas que je retombe dedans, hein ?

Je retournai veiller sur mes pots de gelée framboise-cumin et de marmelade orange-thé vert. Estelle ne changerait jamais. Mais j'avais contribué à la rendre heureuse. Et la rendre heureuse m'avait rendue heureuse.

D'abord, il y avait eu Mme Michelet et l'arrestation de son voleur. Cette fois, c'était Estelle qui entrevoyait un bout de ciel bleu. J'étais une héroïne. Je ne portais pas la combinaison en vinyle de Cat Woman, je ne possédais pas les bottes rouges de Wonder Woman, je n'avais pas le corps sculptural des Charlie's Angels, ni leur allure quand je déambulais le cul à l'air, mais je disposais d'une bouteille magique. Avec ce pouvoir, tout m'était possible. Aucune porte ne me résisterait, aucun méfait ne resterait impuni devant moi, aucune injustice n'aurait cours. Nue, j'étais le cauchemar des ennemis de mes amis.

Ce soir-là, en écoutant le chanteur dans le métro, une conviction nouvelle m'envahit : le monde m'appartenait. Dans la musique joyeuse qu'il avait choisi de jouer cette fois, je me pris à parler à haute voix pour faire exploser mon bonheur : dorénavant, rien ni personne ne se mettrait plus sur mon chemin. Je faisais partie du clan des battants. Manifestement, mon assurance toute neuve se lisait sur mon visage : dans ces couloirs de métro froids où, d'ordinaire, personne ne regarde personne, des gens me sourirent ; certains hommes, pour la première fois, se retournèrent sur mon passage. Et même le chanteur, par le choix de la chanson énergique qu'il décida d'interpréter, saluait sans le savoir le futur qui se dessinait devant moi. Et tant pis si tout cela était compté et que mon courage était suspendu à un liquide âcre dont le niveau baissait à vue d'œil.

Forte de cette confiance en l'avenir et en l'existence, je rentrai chez moi et me préparai à partir en repérage le temps d'une nuit et d'une matinée, pour vivre, dès que possible, un moment mémorable. Un instant, fugace, qui me rendait folle de joie en même temps qu'il me terrifiait, moi qui était si pudique. Presque coincée, pour être honnête. J'allais devoir forcer ma nature. Et me contraindre à être beaucoup, beaucoup plus audacieuse.

Je partis donc, et, planquée derrière un poteau puis derrière une voiture, je notai les horaires d'arrivée des techniciens. Je poussai même les investigations jusqu'à me faire passer pour une fan de l'émission qui souhaitait en connaître les coulisses. Les employés, flattés d'être considérés comme les élus, seuls admis dans les secrets des dieux, ne se firent pas prier et me répondirent de bonne grâce. Très vite, j'obtins tous les renseignements dont j'avais besoin et je pus rentrer me coucher. Parce que j'allais devoir prendre des forces.

Moins de vingt-quatre heures plus tard, j'y retournai. J'avais pris le parti de m'y rendre en taxi. L'idée était bien sûr de ne me faire repérer par aucune caméra. J'arrivai volontairement au petit matin, devant le studio qui abritait La Maison, seulement armée de mon fidèle sac à dos où j'avais soigneusement entreposé la fiole de ma Jojo et un flacon de parfum, acheté pour l'occasion.

Mon but était de rentrer lorsque les habitants étaient encore endormis, mais suffisamment tardivement pour que l'équipe de techniciens du matin soit déjà sur le pied de guerre et me permette l'accès à la cabane du jardin qui servait de sas entre La Maison et la « vraie vie ».

Tout se déroula sans encombre : comme prévu, je m'approchai le plus près possible de l'entrée du studio, me cachai derrière un énorme container, bus une gorgée de potion, attendis quelques minutes que l'invisibilité fasse son œuvre, m'aspergeai de parfum, ôtai mes vêtements, les fourrai dans mon sac à dos et dissimulai le tout dans une armoire électrique. Je profitai ensuite des entrées et sorties des employés pour me glisser ni vue ni connue à l'intérieur du studio, marchai en catimini jusqu'à la pièce qui renfermait la porte convoitée, pénétrai à l'intérieur et me retrouvai en deux temps trois mouvements dans la cabane, où les affaires passaient de la réalité à la téléréalité.

J'ouvris la porte sur un jardin familier et, pourtant, inconnu. Cet endroit, où je n'avais jamais mis les pieds, mes écrans s'étaient chargés de me le présenter. À la télévision, il m'avait paru plus grand. En vrai, le jardin était un petit morceau de pelouse vert pomme d'une centaine de mètres carrés, qui entourait une modeste piscine éclairée, en forme d'œuf, et une terrasse où on avait éparpillé des transats, des matelas gonflables et de gigantesques coussins de toutes les couleurs. Des maillots de bain pendaient çà et là : menus bikinis et caleçons humides moisissaient sur un fil accroché à la va-vite entre deux chaises longues. Des caméras immobiles sur leur tapis de câbles braquaient leur œil de verre sur le terrain vide pendant que, au-dessus, de gigantesques projecteurs éteints, attendaient de mettre en lumière les acteurs de cette comédie. Des chauffages d'extérieur, rouges et brûlants, étaient disséminés un peu partout, de manière à ce qu'aucune caméra ne puisse les filmer.

Tout cela n'était que du toc. Si la télévision pouvait faire croire que le jardin était luxuriant, la piscine olympique et le soleil au rendez-vous, nos tristes fantasmes s'écrasaient contre l'évidence : la piscine était maigrichonne et pleine d'objets flottants non identifiables, l'herbe était artificielle et le soleil, une vaste fumisterie.

Au bout, La Maison. Du préfabriqué. Un grand mobil-home. Je déchantai. La production vendait du rêve à des millions d'adolescents quand ses décors étaient en carton-pâte de piètre qualité. Je me sentais flouée. C'était bête, à quoi au juste m'étais-je attendue ?

La baie vitrée n'était pas fermée à clé. Je la poussai délicatement et pénétrai à l'intérieur de la maison. Une odeur étrange de monoï et de bière titilla soudain mes narines. La décoration de La Maison était à l'image de l'extérieur, conçue pour faire illusion le temps du show, comme ces spectacles qu'on monte et qu'on démonte, puis qu'on replie dans des camions et qu'on entrepose dans des hangars vétustes en attendant de les recycler.

Je connaissais parfaitement le programme : en visionnant chaque quotidienne et chaque *prime*, en analysant les gestes de chaque candidat, en jaugeant les attentions de Sandra et en suivant mon cher et tendre, j'avais appris à repérer les chambres, leur emplacement, et, plus important encore, l'emplacement de chaque lit dans chaque chambre, puis de chaque candidat, dans chaque lit, de chaque chambre.

Au moment de pénétrer dans la chambre réservée aux garçons, je fus tenaillée par une légère appréhension : et si Gabin n'était pas dans son lit ? Si Sandra-la-dévergondée était parvenue à ses fins et l'avait entraîné… ? Mais, fort heureusement, cette inquiétude se dissipa quand mes yeux, habitués à l'obscurité, s'aperçurent que mon prince charmant dormait bel et bien tranquillement sous sa couette.

Je reconnus ses cheveux, ses joues mal rasées. Enfin, il était là. Debout devant cet homme qui habitait mes jours et mes nuits depuis mon arrivée à Paris, j'étais bouleversée. Debout et nue. Je n'étais tout à coup plus très sûre de moi. Je me sentais vulnérable, à sa merci. Derrière lui, un autre type ronflait dans un vrombissement terrible, me rappelant que Gabin n'était pas le seul occupant de cette chambre et que d'autres garçons étaient là, à quelques mètres à peine. Je pris une bouffée d'air, soulevai les draps chauds, me coulai dans le creux de son corps, en apnée, sidérée par ma propre témérité…

Je demeurai quelques secondes immobile, figée par la perspective de ce que je m'apprêtais à faire. J'étais comme une petite fille qui prévoit depuis des lustres de commettre une action interdite et qui, au moment de passer à l'acte, est prise de remords soudains et se demande si elle aura assez de cran pour aller jusqu'au bout.

Je l'observai : son visage était magnifique, le même que celui de mes souvenirs, en mieux. Son souffle, calme, berçait ma peur. Sa peau, douce et sentant terriblement bon, rompit mes derniers remparts. Timidement, je tendis une main vers son torse. Au contact de son épiderme, des frissons coururent le long de mes bras. Immédiatement, Gabin se retourna dans son sommeil, sans doute déconcerté par ce rapprochement intempestif. Dans le mouvement, les doigts de Gabin avaient effleuré ma poitrine.

Avais-je le droit d'être là où j'étais ? Non, absolument pas.

Cela faisait-il de moi une fille facile, une effrontée ? Ces scrupules, qui m'empoisonnaient l'existence depuis ma plus tendre enfance, je décidai de les balayer, là, nue contre Gabin. *Ne te dégonfle pas Gaëlle, profite de la vie, personne, hormis toi et lui, n'en saura jamais rien…*

J'étais à présent tout contre son dos, ma peau contre sa peau, le ventre en ébullition. Je passai une main sur son épaule, fis danser mes doigts sur ses pectoraux, descendis vers son abdomen, m'arrêtai sur l'élastique de son caleçon. Plus haut, ma bouche embrassa son omoplate et glissa jusqu'à la naissance de son aisselle. Gabin ne moufta pas. Encouragée par ce que je pris pour un consentement, je poursuivis. De son dos, ma bouche emprunta la route du cou, remonta le menton, jusqu'à se poser, le plus délicatement possible, sur ses lèvres charnues et moelleuses. Ce baiser délicat m'embrasa davantage. En bas, ma main descendit sur le tissu, effleura l'intimité de mon prince. Mes doigts dessinèrent des courbes sur le coton. L'effet ne tarda pas : il durcit peu à peu sous mes caresses.

Est-ce que je culpabilisais ? Oui, un peu, mais c'était délicieux.

Et si le ronfleur ou l'un des autres habitants nous surprenaient ? L'excitation était à la mesure du danger encouru.

Est-ce que j'allais stopper net ? Pas question. Et je n'aurais échangé ma place pour rien au monde.

Brusquement enhardie, ma main se fraya un passage à l'intérieur du caleçon. Immédiatement, le corps de Gabin pivota à nouveau, sa bouche s'ouvrit et confisqua la mienne. Ses paupières s'ouvrirent instantanément, ses yeux se plantèrent dans les miens. Ou plutôt, à travers les miens. Je cessai de l'embrasser, soudain terrorisée, puis me calmai. Il ne pouvait pas me voir, il ne pouvait pas me voir, me répétais-je pour ne pas m'enfuir en courant. Et, de fait, ses paupières se refermèrent, il soupira, et ses mains, cette fois, se baladèrent le long de mon corps, m'échauffant un peu plus. Lorsque ses doigts remontèrent le long de mes cuisses, je lâchai un gémissement. Et quand ils agrippèrent mes fesses, je me liquéfiai et m'abandonnai à l'étreinte savoureuse, tout en lui murmurant « je t'attends dehors », « je t'aime », « tu m'as manqué ».

Tout s'était passé comme dans mes rêves les moins avouables : ce fut merveilleux et, sans mauvais jeu de mots, profondément exaltant. Nous nous étions aimés. Désormais, sa peau portait mon empreinte. Quant à moi, je sortis de là complètement lessivée, son odeur partout sur mon corps. Gabin était l'homme de ma vie. Nul doute qu'après ça, il n'aurait qu'une hâte, celle de me retrouver. La Sandra pourrait faire des courbettes et minauder tant qu'elle le voudrait, elle n'obtiendrait rien de lui. Notre connexion, à Gabin et à moi, était telle que, même emprisonnée dans un demi-sommeil, sa conscience saurait toujours se souvenir de cette nuit-là. Enfin, sûrement.

CHAPITRE XIII

Le *prime* tombait le soir même.

Encore sous l'emprise de nos ébats, je m'installai confortablement sur mon canapé, mon plaid sur les genoux, ma réserve de M&M's à côté de la télécommande. Je n'étais qu'un bonheur géant, une sorte d'étoile perchée très très haut dans le ciel, que rien ne pouvait déboulonner. J'étais au firmament, une bulle de félicité, un antidépresseur aux vertus enchantées. À cet instant, sur la planète, personne n'éprouvait autant de joie que moi. J'étais amoureuse, j'avais gravé une empreinte indélébile sur l'âme et le corps de mon homme. Il ne me restait plus qu'à profiter de la vie, de ses bienfaits, des splendeurs simples qu'elle offrait, et à rire de mes accès de névrose et de mes abattements stupides – ils étaient loin, déjà. Oui, tout cela était du passé. Comment avais-je pu douter un seul instant du futur radieux qui m'attendait ?

Un bip émis par mon téléphone me ramena au monde et à sa basse matérialité. La notification m'indiqua qu'un mail de Justine était arrivé.

« Hey, salut Grosse,

J'espère que tu t'amuses comme une folle dans les bras de ton Gabin ou, si c'est plus lui, dans ceux de tous les mâles que compte la capitale. N'oublie pas que la jeunesse, c'est fait pour être jeune.

Ici, c'est moyen la joie. Je crois que je suis amoureuse. Tu peux imaginer ça ? Il est beau, il a une sacrée situation : il a lancé une entreprise de boissons énergisantes qui marche super. Je te ferai goûter ses trucs à l'occasion. Ça pourrait être une bonne nouvelle, mais figure-toi qu'il est marié. Depuis deux ans. Du coup, c'est un peu la loose sur Trébeurmachin. Je suis une maîtresse. La vache, ça fait drôle de se dire ça…

Je t'appelle pas, parce que ma ligne a été coupée (j'ai pas payé, paraît-il, ils doivent se planter), mais le cœur y est, même s'il est lambeaux depuis que je sais qu'une greluche l'attend chez lui. Je suis même pas certaine de vouloir qu'elle soit moche. Si c'est une jolie fille, ça voudrait dire qu'il a bon goût, ce qui est plutôt flatteur pour moi. Si la morue est un thon, c'est que je dois pas être une sirène non plus (lol). Tu ferais quoi à ma place ?

Sinon, tu rentres quand ?
Je t'aime ma Gaga.
Justine »

Je soupirai en souriant pensivement, telle une maman attendrie : ma Justine s'était encore fourrée dans de beaux draps, la pauvre. Au fond de moi, j'espérais qu'elle finirait par connaître le même état de grâce que moi, et qu'il lui serait donné de rencontrer un homme qui saurait la combler, tout comme je l'étais moi-même. Un type maqué, voyons, Juju… Justine méritait d'être heureuse.

Au même instant, une sonnerie retentit. C'était mon père. Ils s'étaient passé le mot, ou quoi ?

— Coucou P'pa.
— Bonsoir ma puce. Comment tu vas ?
— Super bien !

— Super bien ? Rien que ça ? Tu as une bonne nouvelle à m'annoncer ?

— Pour le boulot, pas encore, mais je cherche…

— Tu peux rentrer si tu…

— Ah ça non alors, le coupai-je.

— Il y a un garçon peut-être…

— Papa, tu sais bien que je n'aime pas parler de ça avec toi.

— Bon, bon, comme tu voudras. Et puis, je suppose que tu es suffisamment grande pour savoir ce que tu as à faire… J'espère que c'est un garçon bien et respectueux, au moins… Ne va pas trop vite…

Je gloussai. Avec son envie de me protéger, mon pauvre grand Papa était si touchant.

— Ne t'inquiète pas, Papa. Je te promets que s'il m'embête, je lui envoie un coup de pied bien placé.

— Et n'oublie pas de lui en jeter un deuxième, de la part du pizzaïolo breton.

Nous éclatâmes de rire simultanément. Mon père me donna ensuite des nouvelles de la famille et des voisins.

— Et Jojo, comment va-t-elle ?

— Jojo ? Bien, elle va très bien. Tu sais comment elle est… Même avec ces températures, elle continue d'aller chercher des palourdes sur la grève…

Sa voix avait légèrement tressailli.

— Papa, tu es sûr qu'elle va bien ?

— Mais oui, bien sûr, c'est juste que je voudrais qu'elle s'économise. Mais elle n'écoute personne, ni moi, ni Mamie Marie, ni le médecin. Mais elle vieillit, elle est comme tout le monde. Et ce ne sont pas ses plantes et ses potions magiques qui pourront y faire quoi que ce soit…

C'est vrai que ma Jojo n'était plus toute jeune. Mais elle était si pimpante, si sûre d'elle et, surtout, ne s'en laissait tellement pas conter, qu'il m'était difficile d'imaginer que mon arrière-grand-mère était en réalité une vieille dame de plus de quatre-vingt-dix ans.

— Enfin... conclut mon père, on ne la refera pas, pas vrai ?

Mon père raccrocha, juste avant le générique qui annonçait le début du *prime*. Si cette conversation n'avait pas entaché mon euphorie, elle m'avait rappelé que la vie était un savant équilibre entre les bonnes et les mauvaises nouvelles. Je me promis une chose : dès la sortie de Gabin de La Maison – peut-être ce soir ? –, je l'emmènerai chez moi rencontrer ma Jojo, celle qui avait tout rendu possible. Ainsi, elle pourra se rendre compte du bonheur qu'elle m'a offert. Je lui étais si reconnaissante, à ma Jojo.

Le présentateur surgit sur le plateau, comme propulsé par une catapulte, sous les applaudissements et les cris des spectateurs chauffés à blanc. Passés les « *çaaaaaa vaaaaa ?* », les « *carrément* », et autres« *c'est too much* » qui constituaient sans doute l'étendue quasi complète de son vocabulaire, l'animateur enchaîna sur un direct avec La Maison.

Les candidats étaient regroupés dans le salon, ce même salon que j'avais traversé à tâtons, quelques heures plus tôt, dans une obscurité presque totale. Les filles avaient sorti leurs plus beaux atours – brushing impeccable ou coiffure improbable, teint parfait, yeux de biche, décolleté plongeant et vêtements qu'on aurait pu croire taillés sur mesure. Chez les garçons, le gel était de mise, la chemise ouverte sur des torses imberbes aussi. Sauf chez Gabin, qui montrait un goût certain pour les vêtements classes et les attitudes élégantes.

Ah, Gabin. Le revoir si beau et si chic me transporta. Mon ventre se souvint de notre étreinte, tout comme ma bouche et mon corps tout entier. Les traits de sa figure avaient un peu changé : il paraissait détendu, encore plus inspiré que d'habitude. Je me plaisais à croire que mon incartade n'y était pas pour rien. Devant mon écran, je buvais du petit lait, un sourire accroché sur mes lèvres. Je délaissais même mes M&M's, c'est dire.

Sandra était à côté de lui. Toujours aussi vulgaire, toujours aussi tarte. La pauvre fille, me disais-je, elle croit vraiment qu'avec ses tenues de bimbo de bas étage et son niveau de conversation digne de celui d'un castor surgelé, elle peut attraper MON Gabin dans ses filets ? Même si je n'existais pas, une plâtrée de nouilles aurait plus de chances qu'elle de plaire à Gabin…

C'est là que la caméra zooma. Et que mon sourire, lui, s'émietta.

Sa main, sa vilaine main à la manucure agressive reposait sur ses doigts délicats à lui, au milieu d'eux.

— Oh, oh, Gabin, éclata l'animateur avec un regard brillant, que vois-je ? Est-ce que ça y est, enfin ? Vous vous êtes décidés à passer à la vitesse supérieure ?

Gabin hocha la tête, et sourit vers Sandra, qui lui rendit son sourire en prenant la parole.

— Bah, ça parle de soi-même, j'crois.

« Ça parle de soi-même », non, mais c'est français, ça ?

— Attendez Sandra, reprit l'animateur qui faisait à présent des grands gestes avec son micro, vous devez être plus précise. Nos téléspectateurs ont besoin de savoir. C'est carrément ouf. Allez, soyez pas timide, racontez-nous. Quand, comment, où ? Et vous, derrière votre téléviseur, éloignez les enfants, ça va être chaud bouillant, cette émission.

— En fait, c'est récent, ça date de ce matin. Pas le bisou, hein, le bisou, ça fait plus longtemps…

— Plus longtemps ? Comment ça, plus longtemps ? Parce que nous, là, on n'a rien vu du tout. Et pourtant, je vous promets que sur les réseaux sociaux, ça fait un bail que les internautes ne réclament que ça.

— Ah ça, discrétion mon pote, discrétion, lança Raphaël de son accent chantant.

— Pour être discrets, vous avez été discrets, c'est le moins qu'on puisse dire. Mais sans rire, c'est *too much*, qu'est-ce qui a changé au juste ? Parce que là, ça y est, les tourtereaux s'affichent.

— Tu veux bien que je leur dise ? minauda la Sandra.

Gabin opina.

— Carte blanche.

— Eh ben, ce matin, alors que je dormais, Gabin est venu me réveiller. Il m'a fait un petit bisou dans le cou…

Super, et voilà que cette chose siliconée balançait les détails.

Sur le plateau, ça commençait à siffler et à lancer des « *Ahou* », sans doute sous la houlette du chauffeur de salle.

— … et m'a demandé de le rejoindre dans la *love room* numéro 2…

— Et ensuite ?

— Et ensuite mon frère, c'est trop chaud pour raconter ça à la télé, se gargarisa cet abruti de Raphaël à qui personne n'avait rien demandé.

Les sifflements et les « *Ahou* » redoublèrent. La foule voulait savoir. Des chacals. J'étais écœurée.

— Non, mais Gabin, sérieusement, que s'est-il passé dans votre tête ? Pourquoi aujourd'hui, et pas avant ? Depuis le temps que la France entière attendait ça…

— J'ai rêvé d'elle cette nuit, voilà tout. Alors j'ai eu envie de prolonger ça… expliqua tranquillement MON Gabin.

Dans son dos, Terence et Raphaël claquèrent leurs mains comme les deux idiots qu'ils étaient. Ils se rengorgeaient des exploits de leur copain.

— Woh woh woh, fit le présentateur, pour la suite, chers amis, faudra aller sur une chaîne réservée aux plus de dix-huit ans, ou vous rendre sur un site dédié. Pas de ça chez nous… Messieurs du CSA, vous êtes témoins, on est irréprochable sur cette émission.

Et il éclata d'un rire gras et tonitruant qui acheva de me le rendre parfaitement odieux. Non seulement cet animateur était mauvais, mais, en plus, il n'était même pas drôle.

Quant à moi, j'étais estomaquée. En un clignement de cils, je venais de passer d'un état de félicité absolue à celui d'amoureuse trahie. Je n'étais pas triste, non, j'étais sidérée, sous le choc de la nouvelle. Dire que Gabin était avec elle depuis plusieurs jours. Dire qu'il avait osé me faire ça. Dire que je n'avais rien vu. Comment avais-je pu être aussi aveugle ? Comment avais-je pu croire que je pouvais rivaliser avec ce genre de nanas, dont les cheveux, même lavés avec un shampoing pas adapté, resplendissaient ? Honnêtement, entre elle et moi, il n'y avait pas photo. Même moi, je l'aurais choisie, elle. Pour lui, je ne représentais rien. D'ailleurs, se souvenait-il seulement de cette pauvre fille à la valise éventrée, un peu pataude, rencontrée dans une gare ? Je me dégoûtais, mon corps me dégoûtait, mon visage me dégoûtait. J'étais moche, j'étais idiote, je ne méritais pas ce genre d'hommes. J'avais voulu me rapprocher des dieux de l'Olympe, je m'étais brûlé les ailes.

Seule, je finirais seule. L'éternelle bonne copine, la fille laide à qui on assurerait, les soirs de beuverie « mais si, bien sûr que t'as du charme », et qu'on laisserait moisir sur une chaise.

Sur l'écran, les deux tourtereaux roucoulaient, pendant que moi, j'enfilais les M&M's par dizaines pour ne pas sombrer. Mon plaid constituait mon unique refuge, mon Émile, avec ses oreilles élimées, la seule épaule sur laquelle je pouvais m'épancher.

Gabin et moi. Moi et Gabin. Notre histoire était finie. Mes espoirs, anéantis. Ma vie, un fiasco.

J'avais, dans la bouche, un goût de sel et de chocolat. Et, dans mon âme, une douleur en forme d'enclume.

Le lendemain, la journée fut une suite de minutes et d'heures désespérantes. M. Sylvestre eut beau essayer de me « donner risette », comme il disait – « Ben dites donc, ma petite Gaëlle, quel méchant nuage ose venir recouvrir l'éclat de vos jolis yeux ? Je ne vous connaissais pas tant de gravité. Aucun homme ne saurait résister à tant de grâce. Allons bon, accordez le plaisir de donner risette à un vieil arbre comme moi » –, ses essais demeurèrent vains : je baladais ma tête d'enterrement et mon corps sale de s'être fait avoir, de l'étal des sandwichs à celui des viennoiseries, de l'arrière-boutique aux mange-debout que je débarrassais sans entrain. Dès qu'un couple pénétrait dans le magasin, je luttais contre les larmes qui menaçaient de se répandre sur ma figure. Je détestais tous ces gens qui s'aimaient et qui n'incluaient personne d'autre dans leur bonheur. Je les trouvais impudiques et égoïstes de se balader comme ça, main dans la main, indifférents à ce que leur vision pouvait entraîner chez les autres. La vérité, c'est qu'ils me ramenaient à mon propre échec. Et comme par hasard, je vis ce jour-là plus de couples que depuis le début de mon séjour à Paris. À croire qu'ils me poursuivaient.

Le soir, je rentrai chez moi tel un automate, la tête recouverte d'un bonnet, le cou engoncé dans mon écharpe, les épaules voûtées sous mon manteau mal taillé. Je n'étais pas de ces filles magnifiques en doudoune que je croisais tout le temps et qui semblaient avoir envahi la capitale. Elles étaient belles. Je ne ressemblais à rien. Et cette constatation taillada les crevasses de mon pauvre petit cœur. Je marchai vite avec l'envie furieuse de retrouver mon plaid, ma peluche, mes M&M's et tout ce qui faisait que mon existence était la mienne.

Je marchai vite. Au croisement de la ligne 14 et de la station Saint-Lazare, le chanteur murmurait une chanson d'amour.

Every breath you take, every move you make…

Dévorée de sanglots, j'accélérai le pas : je n'avais pas le courage de l'écouter.

Le soir même, bien que je m'étais promis de ne plus regarder l'émission, je ne pus résister à la tentation d'allumer mon ordinateur et de faire un tour sur le site de l'émission. C'était plus fort que moi. Quitte à avoir plus mal que mal, quitte à souffrir encore plus.

Vous avez déjà remarqué comme on éprouve le besoin d'écouter des chansons tristes lorsqu'on ne va pas bien, ou comme on prend un malin plaisir à se déboîter le cœur devant des photos qui ravivent nos douleurs ? À croire qu'on aime se rouler dans notre torture. J'en étais là.

Je m'enfonçai sous mon plaid, une boîte de kleenex d'un côté, un paquet de cacahuètes enrobées de chocolat de l'autre, Émile dans mes bras, le nez rouge de m'être trop mouchée. Je cliquai sur le lien du *replay* de la quotidienne.

Décidément, je n'étais pas au bout de mes surprises…

CHAPITRE XIV

Gabin se tenait devant le bar qui servait de séparation entre la cuisine américaine et le salon. Il était en grande conversation avec Raphaël et Terence, ses deux acolytes. Les propos s'échangeaient à voix basse, loin des filles qui se prélassaient sous leur soleil artificiel dans la piscine.

— Non, mais sérieux, Sandra, quoi, lança Terence.

— C'est clair, mon gars, Sandra… T'as fumé frère, renchérit Raphaël.

— Non mais c'est bon, du calme, vous croyez que je vais l'épouser ou quoi ?

— Bah non, mais reconnais qu'hier, entre vous, c'était chaud, cousin.

— C'est rien, ça… c'est…

— C'est quoi ? C'est le temps de l'aventure, c'est ça ?

— Ouais, nan, même pas. C'est, comment dire, voilà quand t'as la dalle, t'as la dalle.

Les deux gars regardèrent Gabin, amusés.

— Tu veux dire que, toi et elle, c'est juste un coup comme ça ?

— Évidemment. Non, mais c'est Sandra… je ne suis pas l'Abbé Pierre…

Ces derniers mots restèrent suspendus quelques secondes. Gabin laissait ainsi à ses camarades le soin d'apprécier son impudence.

— C'est qui, l'Abbé Pierre ? demanda Raphaël, qui n'avait décidément pas inventé le fil à couper le beurre.
— Laisse tomber, se résigna Gabin. Ce que je veux dire, c'est que voilà, moi et Sandra, c'est juste pas possible. Entre elle et moi, c'est le grand écart.

Il avait accompagné cette phrase d'un geste : la main droite était au niveau de sa tête, tandis qu'il avait placé la gauche au niveau de ses cuisses.

— Ah ouais, ricana Térence d'un air salace, le grand écart. Carrément.

Et hop, *gimme five*. Des gosses.

Gabin levait les yeux au ciel, sûrement exaspéré par le degré d'imbécillité de ses camarades, qui ne brillaient ni par leur intelligence, ni par leur culture générale. Dans cette armée d'éclopés, il n'avait aucun mal à faire office de leader. On voyait bien qu'il était au-dessus de la mêlée, qu'il le savait et que cela lui pesait en même temps que ça le mettait en valeur.

— Pourtant, elle a dit que vous vous étiez déjà embrassés.
— Disons que je préparais le terrain…
— Tu vas lui dire ?
— Nan, je vais laisser mourir le truc.
— Mais elle y croit grave, elle.
— Raison de plus ! Comme ça, si je veux y retourner…

Re hop, *gimme five* à nouveau des deux abrutis aux rires graveleux.

— T'es un boss, cousin.
— Ouais, t'as tout compris à la vie toi !

Assise sur mon canapé, je trépignais. J'étais révoltée par tant de cynisme. Si une partie de moi se réjouissait de savoir que cette histoire avec Sandra avait la consistance d'un camembert mou, l'autre se scandalisait devant l'attitude de celui que j'avais pris pour l'homme de ma vie. Je ne pouvais pas m'empêcher de ressentir de la compassion pour cette pauvre fille qui grillait sur son transat, à deux pas de cette discussion, et qui ne se doutait pas que celui qu'elle se figurait être la moitié de son couple était en fait un empaffé de première, imbu de lui-même. Le salaud dans toute sa splendeur.

Le montage était parfaitement réalisé. On sentait que la production maîtrisait son sujet.

Immédiatement après avoir diffusé l'échange, les images montraient Sandra qui se prélassait à l'extérieur en bavardant avec un autre type, Gustave, et deux filles, Mélanie et Magalie. Elle expliquait combien elle était heureuse, combien son Gabin la remplissait de joie, à quel point cette histoire était celle qu'elle attendait, elle qui ne croyait plus en l'amour – *sortez les violons* –, qu'elle s'était tant de fois fait avoir – *ajoutez-y un coup de piano* – et qu'on ne l'aimait que pour son corps – avantage : ce n'est pas à moi que ça risquait d'arriver ; inconvénient : ce n'est pas à moi non plus que ça risquait d'arriver. Pour la première fois de sa vie, ajoutait-elle, elle sentait que quelque chose de fort était en marche, que c'était si vrai et si intense qu'elle pourrait même se montrer à lui sous son vrai jour – entendez sans maquillage et sans talons, ce que j'étais moi-même assez curieuse de voir.

Avec une méchanceté savamment calculée, l'enregistrement revint sur les trois types dans la cuisine, dont la discussion contrastait avec celle qui se déroulait à l'extérieur. Petit à petit, Sandra faisait office de pauvre fille et Gabin, de beau macho un peu immature, dont la volonté de passer du bon temps était finalement bien compréhensible. À lui, on lui pardonnait d'être un coureur de jupons ; à elle, on finissait par lui reprocher de l'avoir allumé et d'être actrice de sa propre déception, dont elle n'avait, à ce moment-là, absolument aucune idée. Tout cela se faisait à l'insu de la principale intéressée, qui était alors convaincue qu'elle était une princesse, au galop sur le dos du cheval blanc de son prince. Tout cela la rendait pitoyable, et me la rendait, au contraire, bien plus sympathique qu'avant. Après tout, nous étions tombées amoureuses du même garçon et, l'une comme l'autre, avions été les victimes de son joli minois.

Forcément, sur les réseaux sociaux, les moqueries allaient bon train. Les adolescents se gargarisaient de l'humiliation de la jeune femme et attendaient avec impatience que quelqu'un ou quelque chose lui révélât le pot aux roses. Chacun y allait de ses pronostics. Seules quelques jeunes filles osaient prendre la défense de la jeune femme bafouée.

La méchanceté gratuite dont elle était la cible me révulsait, tout comme l'attitude de Gabin à son égard. Lui qui, quelques jours avant, dans la cabane du jardin, réclamait du respect à l'égard de celle qui se plaignait d'utiliser un shampoing inadéquat, il avait bien caché son jeu. Tout cela était pitoyable, à l'image de cette émission stupide et de ces candidats, bêtes à manger du foin. Et le seul qui tirait son épingle du jeu, sans doute le plus intelligent, était aussi le plus méchant de tous : Gabin.

Je ne l'aimais plus. La déception et l'écœurement avaient tout emporté. J'avais perdu mon temps à croire qu'il pouvait valoir quelque chose.

La journée suivante, je ressassai mon amertume, que je nourrissais en gardant un œil sur le compte Twitter de La Maison. Je pouvais ainsi suivre en direct le fiel des internautes et la lapidation virtuelle publique de cette pauvre Sandra qui, à cette heure, devait encore se faire chauffer le nombril sous un projecteur surpuissant. Dans ma tête, ça tournait en boucle: *Gabin est un connard. Gabin est un connard. Gabin est un connard.*

Et, dissimulée derrière les frigidaires de la boutique que je remplissais de canettes de soda et de bouteilles d'eau gazeuse, je réfrénai des sanglots lourds de désappointement et de chagrin. À Estelle qui voulut savoir ce qui me turlupinait, je prétextai une encombrante sinusite et un rhume carabiné. Comment aurais-je pu lui avouer, sans avoir l'air complètement idiote, que le type dont je lui rebattais les oreilles depuis mon embauche était en fait un candidat de téléréalité que je n'avais croisé qu'une seule fois et qui jetait les nanas comme des kleenex usagés ? Je ne voulais inspirer ni compassion, ni pitié. Dans cette histoire, j'avais fait preuve d'une naïveté qui dépassait l'entendement. Mon sort, je ne l'avais pas volé. J'en vins même à envier celui d'Estelle : finalement, elle était bien moins idiote que moi.

Après huit heures passées à servir des clients, à ranger, à noter des commandes de bûches et de petits fours salés en prévision du réveillon, à me forcer à sourire, à être polie, à dire « bonjour madame », « au revoir monsieur », « passez une bonne journée », « ce sera tout ? », « les traditions seront prêtes d'ici dix petites minutes », je déambulai tristement dans la rue, sous les illuminations de Noël qui me faisaient une belle jambe. Pire, cette ambiance festive me rappelait combien mon cœur à moi n'était pas à la fête, moi qui m'étais éloignée de ceux que j'aimais pour devenir journaliste, et qui n'avais réussi qu'à dégoter un job alimentaire ; moi, qui rêvais de grand amour et qui n'étais parvenue qu'à m'amouracher d'un vaurien en mal de célébrité. Dans le métro, le chanteur était là, fidèle à son emplacement, entre la ligne 14 et la station Saint-Lazare. Devant une foule mouvante et disparate, il gratouillait sa guitare et lançait sa voix éraillée sur des mélodies sucrées qui parlaient de séparation, de cœur brisé, d'amour malheureux et unilatéral. C'était comme si ses chansons ne s'adressaient qu'à moi. Et je demeurai là, adossée à un mur à un mètre de lui, deux heures durant, me laissant bercer par les montées et les descentes de ses rengaines.

Ma solitude, trop lourde à porter, me poussa encore une fois à me confier à haute voix, à tous et à personne, dans cette station de métro grise aux néons blafards. Je ne pouvais décemment pas raconter ma mésaventure à qui que ce soit, sans passer pour une sombre crétine. Justine, mon père, ma grand-mère Marie, ma Jojo, Estelle. Personne. Mais je ne pouvais plus garder ça au fond de moi sous peine d'étouffer. Alors je livrai mes péripéties à la terre entière, à défaut de pouvoir les avouer à une oreille attentive. Pitoyable.

Les heures passèrent et la foule se clairsema autour du chanteur. Travailleurs et promeneurs, pressés de rentrer au chaud, avaient eu leur quota de musique.

C'est à ce moment-là que le chanteur entonna une reprise rock de *I will survive*. Et, tandis que les paroles s'insinuaient en moi, mon auto-apitoiement stérile se mua en une irrépressible colère…

First I was afraid, I was petrified, just thinking I could never live without you by my side,…

Comme un écho à mon état, la voix du chanteur se fit plus forte, plus assurée :

… Go on now, go, walk out the door, just turn around now, cause you're not welcome anymore…

Soudain, je ne fus plus la bécasse gauche et niaise que, jusque-là, j'étais persuadée d'être…

… Oh no, not I ! I will survive. As long as I know how to love I know I stay alive,…

Gabin voulait la guerre ? Il allait l'avoir. Et ma vengeance serait à la mesure de ma déception. Terrible.

Ragaillardie, je rentrai chez moi. Mais pour quelques heures seulement, puisqu'une nouvelle expédition m'attendait…

De retour chez moi vers 10h du matin, je rigolais encore de ce que je venais d'accomplir. À peine le temps de prendre une douche, de mettre une couche d'anticernes pour cacher la fatigue et la misère, un nuage de parfum, et je repartis vers le magasin pour une nouvelle journée de travail, épuisée mais ravie de mon mauvais coup. Gabin allait voir de quel bois je me chauffais. En me vengeant, j'avais également vengé toutes les filles qui me ressemblaient, les invisibles – au sens figuré cette fois –, les normales aux mensurations ordinaires, les délaissées, les candides, les fleur bleue, toutes celles qui croyaient en l'amour et que ces *lovers* de pacotille prenaient un malin plaisir à abandonner au fond d'un fossé.

La capitale sombre ressembla ce jour-là à un ring de boxe. Je bombais le torse en avalant les mètres de bitume. J'avais été la plus forte et, désormais, je ne serais plus jamais la même.

— Estelle, ça t'ennuie si je pars plus tôt aujourd'hui ? demandai-je à ma collègue dès mon arrivée.
— Vas-y, ça va être creux de toute façon.

Il me tardait de me planter devant la quotidienne de l'émission, et de découvrir, en même temps que tous les autres téléspectateurs, la tête de ce pauvre Gabin.

CHAPITRE XV

Parvenue chez moi, je pris mon téléphone et appelai mon grand Papa pour prendre des nouvelles. Je fis sonner également chez ma Jojo. En vain : elle ne répondait pas. Elle était sans doute partie sur quelque rocher récupérer un panier de crevettes en chevauchant son antique mobylette. J'envoyai enfin un mail à Justine, lui enjoignant de ne pas trop s'attacher à ce type marié.

Tout cela accompli, je fis chauffer un plat surgelé au micro-ondes et pus m'installer confortablement devant ma télévision, un paquet de chips sur les genoux, sans risque d'être dérangée. Au bout de deux minutes de publicité, le générique de La Maison emplit mon salon.

Le présentateur, enfermé dans un studio sans public, surgit en sautillant au milieu de mon écran. Gominé, mal rasé, il avait l'humeur badine.

« *Hey hey, cher public, salutations. Ça va bien ?* »

Deux ou trois assistants, derrière lui, hurlèrent que oui.

« *Ouais, bah Riri, Fifi et Loulou, c'est fini la glandouille. Z'êtes priés de retourner à vos postes. Non mais on rêve les chéris, j'vous jure, les employés…* » persifla-t-il, un grand sourire accroché aux lèvres.

Son ton désobligeant m'était profondément antipathique. Ce gars-là était niais et avait oublié d'être drôle. À vrai dire, ses tentatives désespérées pour se rendre intéressant me faisaient un peu de peine : il ressemblait à un petit garçon en mal d'attention, prêt à tout pour que les adultes s'occupent de lui.

Il s'approcha de la caméra, plaça ses mains de part et d'autre de sa bouche et, sur un air de confidence, chuchota :

« *J'aime autant vous dire que ce que vous vous apprêtez à découvrir va vous mettre sur le derrière, les amis. Parce que là, c'est vrai-ment-too-much ! C'est chauuuuuuud…* »

Les yeux rivés sur ma télévision, j'enfournais les chips machinalement. Tout mon corps était tendu, dans l'attente de la suite.

« *Mais, auparavant, connectons-nous avec les habitants de La Maison. Helloooo…* »

Les habitants étaient assis sur le sofa. Sandra faisait une drôle de tête. Quant à Gabin, il n'était tout simplement pas là.

— Hello, répondirent les candidats en s'animant dès qu'ils comprirent qu'ils étaient en direct.

— Mes pioupious, dites-nous tout, comment ça va ?

L'un rétorqua « bien », un autre lança un « tranquille », un dernier un « super ».

— Mais dites-moi, il ne manquerait pas quelqu'un là ?

Raphaël prit la parole.

— Yes, c'est Gabin. Il veut plus sortir de la chambre.

— Oh oh, feignit de s'étonner l'animateur en balançant un clin d'œil à l'intention des téléspectateurs. Mais que se passe-t-il ?

Les habitants de La Maison pouffèrent de rire. Tous, à l'exception de Sandra, qui présentait une mine des plus renfrognées.

— C'est que… commença Terence.

Mais son début d'explication se perdit dans un immense éclat de rire quasi général. Moi, je rongeais mon frein. C'était long…

— Hé, les Trois Fantastiques, coupa l'animateur à l'adresse de ceux qu'il avait nommés un peu plus tôt comme les trois neveux de Donald, c'est le moment d'envoyer la vidéo… Enfin, si vous avez terminé l'apéro bien sûr, je voudrais pas abuser…

Un rire narquois accompagna ses dernières paroles, alors que le *jingle* retentissait et qu'était lancée la rétrospective de la journée. La *voix off*, identique à celle qui donnait les instructions à la maisonnée, débita, sur une mélodie de conte de fées :

« *En cette belle matinée, tout est calme. Les habitants sont encore endormis.* »

Vue sur la chambre des filles, les lits où les candidates ensommeillées s'étiraient gracieusement – mais comment font-elles pour être si suaves et si charmantes, même au réveil ? Venons-nous de la même planète, elles et moi ? Honnêtement, quand on voit ma tête au réveil, le doute est permis.

« *Toutes et tous s'éveillent tranquillement, après une nuit reposante, pleine de rêves merveilleux.* »

Vue sur la chambre des garçons, cette fois. Qui, comme les filles, s'étiraient tels des gravures de mode, dans un monde auquel je n'appartenais décidément pas. La caméra se promena sur Terence, sur Raphaël, sur Christopher, sur Stan. Sur Gabin ensuite, tandis que, soudain, la mélodie *crasha* pour laisser entendre ce dernier rouspéter des paroles incompréhensibles.

— Ah là là, mais ça pue, nota une inflexion qui pouvait bien être celle de Terence ou de Stan.
— Mais grave. C'est qui qu'a… ? prononça l'accent chantant, quoiqu'indigné, de Raphaël.

La caméra, elle, n'avait pas bougé d'un iota. Dans la luminosité relative procurée par l'équipement infrarouge, on distinguait Gabin en train de se lever, de passer ses mains sur son corps, de les renifler avant de les maintenir à l'écart et de tourner son visage de l'autre côté. Brusquement, la grosse voix de La Maison avertit : « *La voix vous informe que c'est l'heure et vous souhaite une agréable journée* ». Sur ces mots, une lumière artificielle inonda la chambre. Aussitôt, la caméra se braqua sur Raphaël. On le voyait écarquiller les yeux et pousser une suite de jurons fleuris. Les autres n'étaient pas en reste, et, si on distinguait mal leurs interjections dans le brouhaha de leur indignation, les intentions ne laissaient pas de place au doute.

Terence se leva brusquement et courut s'enfermer dans la salle de bains.

— Non, mais il dégueule là, sérieux ?
— Y a de quoi 'tain…

Comme dans ces séries télévisées des années 90 où l'on suivait les déambulations d'un figurant pour arriver au plan sur les personnages principaux, le sillage de celui qui s'était réfugié aux toilettes permit aux téléspectateurs de retrouver Gabin. Celui-ci, debout près de son lit, avait des traces brunes sur le bas du corps. Sur son visage se lisait l'incompréhension la plus totale.

— Il s'est chié dessus ma parole, lança Stan, c'est immonde.
— Sur ma vie, j'ai jamais vu un truc pareil, répondit Raphaël.

Hors du champ de vision, on entendit Stan beugler :

— Eh, Sandra, ma chérie, ton mec il a de drôles de délires, tu devrais venir voir.

Pendant ce temps, les téléspectateurs avaient tout loisir de considérer la scène : le lit souillé, le caleçon, le ventre, les jambes et les doigts de Gabin en partie recouverts de matière fécale, son visage décomposé, coincé entre la honte et le choc.

C'est vrai, mon idée n'avait pas été des plus distinguées. J'aurais pu me contenter de découper ses vêtements, de raser ses cheveux dans son sommeil, ou même, de lui faire faire des actions débiles en me faisant passer pour une voix dans sa tête. C'était d'ailleurs ma première intention. Mais, lorsque je suis arrivée près du studio et que j'ai aperçu ce gros chien de garde en train de déféquer à quelques centimètres de moi, je n'ai pas pu résister : j'ai attendu que l'agent de sécurité et son fidèle compagnon s'éloignent, j'ai attrapé un mouchoir dans une poubelle proche et j'ai ramassé les selles conséquentes de ce magnifique rottweiler. Aujourd'hui, je ris encore toute seule à la pensée que quelqu'un ait pu croiser ce caca volant dans les couloirs du studio… Je n'ai ensuite eu qu'à déposer le contenu du kleenex tout près du corps endormi de Gabin. Sa nuit agitée et les retournements fréquents de son corps avaient fait le reste…

Répondant aux appels de Stan, Sandra se pointa dans la chambre des garçons– « *Vous avez la pêche les gars, dès le matin. Eh, mais c'est…* » – avant de rebrousser chemin, sans un mot. La *voix off*, elle, reprit du service :

« *En cette matinée ordinaire, la vie du beau Gabin, dans La Maison, vient de basculer. Parviendra-t-il à se relever de cette mauvaise passe ? Ah, comme l'existence peut parfois se montrer cruelle…* »

Là-dessus, la vidéo s'acheva, l'écran revint sur l'animateur qui répéta, seul sur son plateau : « Comme l'existence peut parfois se montrer cruelle. »

Devant ma télévision, entre mon paquet de chips et mon hachis Parmentier lyophilisé, je contemplai mon œuvre, pas peu fière d'avoir été l'instigatrice de ce coup fumant. Je saisis mon téléphone et pris le pouls des réseaux sociaux : Gabin était devenu la risée de Twitter. Des petits malins avaient même créé le hashtag #*Gabinfaitcaca* et les blagues qui reprenaient l'actualité n'en finissaient plus de circuler, sur le mode « Quand… #*Gabinfaitcaca* » : « Quand Sting revient sur scène après cinq ans d'absence #*Gabinfaitcaca* », « Quand le Président du Guatemala annonce qu'il démissionne #*Gabinfaitcaca* », « Quand la météo prévoit un temps pourri #*Gabinfaitcaca* », « Quand le chômage augmente #*Gabinfaitcaca* ». À une vitesse dingue, se diffusaient des montages photos se diffusaient à une vitesse dingue, sur lesquels on pouvait voir Gabin en caleçon recouvert de taches marron au milieu de scènes de *Star Wars*, avec les personnages de la série *The Big Bang Theory*, et même, dans un cliché de la guerre du Vietnam ou encore dans une peinture représentant une scène de chasse à courre. L'imagination des internautes était débordante et leur réactivité, sidérante. Un vrai sujet de sociologie. La journaliste, en moi, était fascinée par ce qui était en train de devenir, sous mes yeux, un phénomène de société. Je n'avais pas anticipé un tel engouement. J'avais gagné. Ce soir, plus personne ne se souvenait que cette pauvre Sandra avait été roulée dans la boue moins de vingt-quatre heures auparavant. Et moi, j'avais presque oublié que, deux jours plus tôt, je m'étais jetée dans les bras de ce type. J'avais vengé Sandra, je m'étais vengée moi-même et, avec nous, toutes les Gaëlle et toutes les Sandra du monde.

C'est là que mon téléphone se mit à sonner.

— Ma Jojo !
— Bonjour bonjour, ma petite chérie. Tout va bien ? J'ai vu que tu avais essayé de m'appeler de nombreuses fois, mais, comme tu le sais, à mon âge, on est toujours très occupée. Entre les rhumatismes de la mère Hénaff et Le Tahu qui s'est encore abîmé le dos en remontant ses filets…
— Le Tahu… ?
— Si, tu le connais, celui du chalutier bleu, le fils à la Bernadette, à Penvern…
— Ah oui, je vois, le père de celui qui tient le tabac de l'Île Grande…

Retrouver ma Jojo, son mélange de langue bretonne et de langue française et sa façon toute personnelle de me peindre ma Bretagne natale qui me manquait tant, me faisait un bien fou. À elle seule, elle invoquait tous mes souvenirs d'enfance et ils me revenaient dans un tourbillon délicieux. Je revoyais l'océan, le port, les pêcheurs à la criée les jours de grand vent, les mouettes qui s'ébattaient près des côtes baignées de brume, les *festnoz* endiablés où Justine et moi ingurgitions des crêpes jusqu'à l'indigestion, en nous moquant gentiment de ceux qui tournaient en rond sur des airs de biniou et de bombarde, pendant que deux chanteuses vêtues en bigouden se démenaient sur une scène en bois.

— Tu as bien reçu mon petit cadeau ?
— Oui, je, d'ailleurs, c'est…
— Tu en fais bon usage au moins ?

À la télévision, le lynchage de ce pauvre Gabin se poursuivait. J'avais peut-être été un peu dure avec lui…

— Oh oui, bien sûr, mais…
— C'est bien, je savais que tu étais capable de gérer ça.

Je déglutis. M'infiltrer dans une maison, au risque d'être hors la loi, pour faire l'amour ou pour tapisser un pauvre gars de déjection canine juste pour apaiser ma soif de vengeance, était-ce vraiment faire le meilleur usage possible de ce fabuleux pouvoir ? Ne valais-je vraiment pas mieux que ça ? Ma Jojo me faisait confiance. Mon ventre se tordit.

Je n'eus malheureusement pas le temps de me répandre en jérémiades : au bout de plusieurs secondes, j'entendis, à travers le combiné, la sonnette de sa porte. Mon arrière-grand-mère coupa court à notre conversation.

— Roooo, y a la Ginette qui vient d'arriver. Elle dit qu'elle a des brûlures d'estomac. Tu parles, elle a encore bouffé des ormeaux pas frais cette gourmande-là. Bon, je te laisse, tu me rappelleras vite ma chérie ? Je t'embrasse.

Sans me laisser répondre qu'elle était la plupart du temps injoignable, elle raccrocha et m'abandonna à mes remords. Il devait bien y avoir une bonne raison à ce cadeau. Je devais montrer à ma Jojo que j'en étais digne. Il était hors de question pour moi de la décevoir en lui expliquant que je m'étais amusée à humilier un amant qui ne se souvenait même pas de moi, en dressant contre lui une armée d'excréments sauvages. Non, c'était impensable.

J'éteignis la télévision et regardai le petit flacon qui se dressait sur ma table basse. Il ne restait que deux gouttes. Deux possibilités de faire quelque chose de bien. Pas une de plus.

Aimantée par cette idée nouvelle, je passais toute la nuit à réfléchir à comment je pouvais utiliser au mieux les deux chances qu'il me restait. Mais mon étoile veillait et, dès le lendemain, le destin se chargea de me donner un petit coup de pouce.

Ma vie devait bouger. Depuis toute petite, je rêvais d'être la présentatrice du journal télévisé que mon père et ma mère regardaient, les soirs où la pizzeria était fermée. J'entendais ma mère s'extasier sur son élégance, mon père sur sa manière d'articuler. Loin de ces starlettes écervelées dont mes magazines pour adolescentes regorgeaient, l'indéboulonnable présentatrice représentait la femme que j'espérais devenir. Combien de fois ne m'étais-je pas entraînée, dans le secret de ma chambre, à déclamer des mauvaises nouvelles avec une distance empreinte de bienveillance ? Plus tard, j'avais été subjuguée par les grands reporters, qui bravaient les bombes et les crises, dans l'unique but d'informer et de révéler des vérités. J'enviais leur vie, m'imaginant plus tard dans la peau d'une sorte d'espionne internationale, infiltrée dans les groupuscules les plus radicaux, faisant face à des dangers toujours plus grands, m'en sortant à chaque fois, portée par une chance monstrueuse et un culot gigantesque. À l'époque, je rêvais d'aventure.

Pourtant, où en étais-je ? Le bilan n'était pas très reluisant. J'étais en train de me contenter d'une existence pépère, entre les religieuses et les sandwichs rillettes-cornichons. Dans celle-ci, les seuls éléments inattendus étaient une commande pour un cadeau d'anniversaire à l'effigie de Buzz l'éclair ou une demande farfelue d'un pain au chocolat archi cuit et d'une baguette presque crue. Youpi. Il n'y avait vraiment pas de quoi pavoiser.

Tout cela n'était pas désagréable, bien sûr. Mais ce n'était pas ma vie. Ce n'était pas de cela que j'avais rêvé. Et je me maudissais d'avoir pu croire, ne serait-ce qu'une minute, que je pouvais enfouir mes désirs les plus chers sous une couche de pâte feuilletée et de crème d'amande. Voilà où j'en étais de mes réflexions quand je m'aperçus qu'une petite lumière bleue émanait de mon téléphone, me signalant qu'un message avait été laissé sur mon répondeur. Je me retirai dans l'arrière-boutique et l'écoutai. Mon cœur fit un bond quand je compris la teneur du discours qu'une voix féminine un peu lasse était en train de me débiter :

« *Allô mademoiselle Roelec. Je suis l'assistante de Pierre Paru, Rédacteur en chef de Toi Magazine. Merci de le rappeler au 01-… dès que vous aurez le message. C'est assez urgent.* »

Pierre Paru, célèbre chef du non moins célèbre magazine, ce type bedonnant, gros mangeur de quiche lorraine devant l'éternel, qui venait chaque jour dans la boutique, et qui, à présent, cherchait à me joindre. C'était fou ! Tremblante, je notai le numéro que je composai sur le clavier d'un doigt fébrile.

— Bureau de la rédaction, bonjour !
— Euh… oui, je… L'assistante de M. Paru m'a laissé un message…
— Votre nom, je vous prie.
— Roelec.
— Ne quittez pas… Un instant, je vous le passe.

J'allais parler à Pierre Paru. À PIERRE PARU. Et s'il voulait simplement me dire que sa quiche était à la courgette, qu'il y avait eu une erreur, ou alors qu'il avait trouvé des petites bêtes à l'intérieur, ou qu'il n'y avait pas assez de lardons, que les œufs étaient verts ? Mais comment pouvait-il savoir que je travaillais dans la boulangerie ? Il m'aurait appelée à la boutique si c'était le cas. Est-ce qu'il…

Ma tête cessa de bourdonner au moment où une voix grave et pressée résonna dans le combiné :

— Nous avons reçu votre candidature il y a quelque temps de cela. Votre profil est intéressant, mais, comme vous le savez, les places ne sont pas légion dans notre profession. La concurrence est rude. Ils ont dû vous l'expliquer dans votre école, là-bas, à…

— À Lannion.
— Oui, voilà, à Lannion. Bien, donc, ne croyez pas que c'est acquis. Maintenant que ceci est précisé, voilà l'objet de mon appel : une de nos journalistes nous a fait faux bond ce matin et nous nous sommes dit que c'était une bonne occasion de donner un nouveau souffle à notre rubrique sur l'actualité française. Pas

juste une redite des infos, bien entendu, nous voulons du *scoop*, du percutant, quelque chose qui nous fasse vendre du papier et des abonnements sur internet. Alors voilà, vous êtes en lice avec trois autres jeunes gens. Vous avez quinze jours pour me pondre un sujet brûlant. Je veux du cinquante mille caractères, espaces compris, ni plus ni moins. Pas besoin d'illustrations, juste de l'info, pure et dure. Si vous êtes la meilleure, je vous engage pour une collaboration sur le long terme. Vous vous sentez de taille ?

J'étais sonnée par cette proposition inattendue. Il ne m'avait parlé ni de quiche ni de lardon. Non, il m'avait proposé du boulot. D'ailleurs, il ne soupçonnait sûrement pas qu'il s'adressait à cette petite vendeuse de pains qu'il ne regardait jamais vraiment. Quinze jours. J'avais quinze jours pour réaliser mon rêve. Et j'avais déjà ma petite idée sur ce que j'allais lui fournir comme histoire. Les conseillers du maire ne m'avaient-ils pas, sans le savoir, donné les armes qui me permettraient de réussir ? Ne l'avais-je pas, mon sujet qui tue ? M'introduire dans la mairie et mettre la main sur la liste qu'ils avaient évoquée seraient un jeu d'enfant, une simple formalité.

Ma tête bourdonnait de joie. La vie était tellement bien faite. Au diable les Gabin, les Sandra, les Raphaël, la téléréalité, la fascination qui se confond avec l'amour. J'avais une carrière à lancer et l'ambition démesurée de ceux qui s'apprêtent à réaliser leur rêve le plus précieux.

Dans les couloirs du métro, entre la ligne 14 et la station Saint-Lazare, mon chanteur était là, fidèle au poste, comme un vieil ami qui vous accompagne dans toutes les étapes de votre vie, les plus difficiles comme les meilleures.

À ses pieds, sur une modeste couverture bordeaux, étaient disposés quelques CD, et une étiquette en indiquait le prix. Sur la jaquette était inscrit le nom de Léo James. Une petite coupe attendait l'argent. Dix euros, ce n'était pas cher payé pour emporter avec soi un peu de son talent. Ce soir-là, chantait-il avec plus de vigueur, ou bien était-ce moi qui, aidée par la perspective de devenir enfin celle que j'avais toujours voulu être, écoutais mieux ? Toujours est-il que sa voix me transporta littéralement. Pour chanter de cette manière, pour faire vibrer chaque note comme si c'était la dernière, son micro devait être branché sur les ondes des anges. Il était terriblement doué. Sans doute le musicien le plus doué que j'avais jamais entendu.

Je l'écoutai un long moment, laissant mon esprit vagabonder au rythme de ses envolées, abasourdie par cette communion totale.

Pendant que sa musique se déversait dans le gris des transports, une nouvelle idée émergea dans mon esprit. Depuis mon arrivée à Paris, ce chanteur avait toujours été là pour moi. Sans doute sans le savoir, il avait accueilli mes confidences, m'avait redonné le moral quand celui-ci était en berne, avait trouvé les mots, par la voie de ses mélodies, pour que je ne sombre pas dans la mélancolie et que je continue à croire, malgré tout, que quelque chose était possible. Peut-être était-il temps pour moi de lui rendre la pareille, et de lui donner autant que lui m'avait offert, même involontairement.

Alors que le métro se vidait peu à peu de ses usagers au pas rapide, je déposai un billet de dix euros dans la coupe réservée à cet effet et pris en échange un des disques. Il me sourit en murmurant un merci.

Deux gouttes, donc. Une pour lui. Une pour moi. Tout cela était parfait. Absolument parfait.

Mais c'était sans compter, que, dans la vie, les choses ne se passent pas toujours comme prévu…

CHAPITRE XVI

Le lendemain, alors que je lavais le sol de la boulangerie, je m'aperçus qu'un portefeuille était coincé entre la plinthe et l'un des pieds du mange-debout sur lequel, quelques heures auparavant, M. Sylvestre avait dégusté son thé et son mini pain au chocolat. Je l'ouvris rapidement pour m'assurer du nom du propriétaire et le refermai aussi sec, mal à l'aise devant mon intrusion.

— Estelle, tu sais où habite M. Sylvestre ? Je crois qu'il a oublié son portefeuille.

— Je sais que c'est tout près, dans un des immeubles d'en face, mais pas exactement non.

Mince, il m'était donc impossible de le lui rapporter.

— Tu n'as qu'à fouiller à l'intérieur, tu trouveras peut-être son adresse.

— Tu crois ? C'est pas mal poli ?

— Bah, c'est pour la bonne cause…

Ah, ce Marcelin Sylvestre, ses petites blagues, son vocabulaire désuet, sa canne, son allure toujours tirée à quatre épingles. Ce vieil homme, si touchant, si généreux dans sa façon de s'adresser à vous, comme si vous étiez l'être le plus important du monde. Et cette pointe de tristesse, aussi, au fond des yeux, quand il sirotait son thé sans sucre par petites lampées et qu'il croquait délicatement dans le feuilletage de sa viennoiserie. Alors que je m'apprêtais à inspecter ses affaires à la recherche de l'adresse de son domicile, me revint en mémoire l'histoire que ma collègue m'avait racontée, un après-midi, sur un ton de révélation. Je me souvins que cette lueur qui, parfois, se carapatait de son visage, était causée par la douleur liée au manque de son fils et de son petit-fils. L'apparente bonhomie de ce septuagénaire contrastait tellement avec la souffrance qui devait être la sienne.

C'est emplie de scrupules que je dépliai les feuilles que contenait le petit étui en cuir marron. J'avais l'impression de m'immiscer dans une existence qui ne me regardait pas et de briser la magie qui irradiait de ce vieillard si bon et si respectable. Je tâchai de remiser ce sentiment de malaise : après tout, n'était-ce pas pour une raison louable que je me permettais de regarder à l'intérieur de son portefeuille ?

Je vidai tout ce que contenait le rectangle en cuir, en espérant tomber rapidement sur l'adresse de son propriétaire, afin de mettre fin à ce pillage qui ne m'enchantait guère.

Une carte bleue, une carte vitale et diverses cartes de visite étaient rangées dans des plastiques transparents. Je les mis de côté, tout comme la photographie jaunie d'une femme souriante, que je supposais être l'épouse de M. Sylvestre, et au dos de laquelle on avait inscrit « Ernestine, été 1987 ». Un petit compartiment à pression renfermait quelques pièces et deux billets, pliés avec soin. Je ne touchai à rien et refermai aussitôt cette partie qui ne recélait aucune information utile.

À l'arrière du portefeuille, je découvris une coupure de presse. Celle-ci avait été découpée dans un journal et pliée en deux. Curieuse, je la dépliai. L'article avait pour titre : « Enfin heureux ! ». Au milieu, trônait le portrait d'un jeune homme souriant dont la tête me disait vaguement quelque chose, et d'un petit garçon aux yeux vifs. Au-dessous, on pouvait lire la légende suivante : « Martin Sylvestre en 2016, à la soirée de remise du Ballon d'Or, avec son tout jeune fils ».

Martin Sylvestre, Martin Sylvestre, la coïncidence était troublante. Se pouvait-il que Martin Sylvestre, le très célèbre joueur de football, fût le fils de notre M. Sylvestre, client immuable de chez Milard et Compagnie ? Et cet enfant, serait-il ce petit-fils qu'il n'a jamais rencontré ? Intriguée, je parcourus l'article, très court :

« *Après trois ans d'une vie de reclus, Martin Sylvestre, sacré pour la cinquième fois consécutive personnalité préférée des Français par notre confrère France Lundi, semble renaître à la vie. Si la perte terrible de sa femme, triple championne olympique de patinage artistique, lui a laissé un souvenir cuisant, force est de constater que Martin Sylvestre a choisi à présent de renouer avec le bonheur. Souhaitons-lui le meilleur pour la suite.* »

Je me rappelais cette fille, dans la force de l'âge, qui avait perdu la vie dans un accident d'hélicoptère. C'était une danseuse splendide, une liane brune talentueuse qui volait au-dessus de la glace et glissait avec la fluidité d'un cours d'eau. À l'époque, sa disparition avait fait la une de tous les journaux et avait bouleversé de nombreuses personnes qui ne pouvaient admettre qu'une femme aussi jeune et aussi belle meure sans crier gare. Je me souviens m'être d'ailleurs demandé en passant devant l'étal de Simon, qui tenait un des points presse de Trébeurden, si les gens auraient été autant émus si la défunte avait eu un physique plus ingrat, m'interrogeant sur l'humain et sa compassion sélective.

Mais, à cet instant, j'étais seulement surprise de ce que je venais de découvrir, bien loin de ces considérations philosophiques.

Quand, quelques semaines plus tôt, Estelle m'avait expliqué la raison de l'éclipse intermittente qui assombrissait le regard de M. Sylvestre, j'avais, dans un premier temps, été encline à maudire ce fils qui refusait d'avoir quoi que ce soit à faire avec cet homme si sympathique et qui, comble de méchanceté, empêchait tout lien de naître entre un grand-père et son petit-fils. Face à cet article, je réalisai que les choses n'étaient peut-être finalement pas si simples et que la réalité était sûrement bien plus complexe : comme son père, ce Martin Sylvestre avait lui aussi connu la douleur de perdre l'être aimé. Je regrettais seulement que ce père et ce fils ne puissent réussir à se retrouver pour, ensemble, amoindrir leur souffrance commune et partager les plaisirs simples d'une famille unie.

En attendant, je n'avais pas encore trouvé l'adresse qui m'aurait permis de rapporter le portefeuille à notre client. Je poursuivis donc mes investigations et rangeai l'article avec soin, encore tourneboulée par ce que je venais de lire.

Une feuille de papier blanc était pliée en quatre. Il s'agissait de résultats médicaux. Je n'y connaissais pas grand-chose, les termes étaient abscons, presque du chinois pour moi, mais le verdict était sans appel : les résultats des examens de mon bon M. Sylvestre étaient mauvais. Très mauvais. Il y était question de tumeur, de centimètres, d'ablation, de pronostic vital. Une autre feuille était agrafée à la première : une convocation. Marcelin Sylvestre allait subir une opération d'ici une dizaine de jours.

Le fait que je tombe sur tous ces éléments ne pouvait être dû au hasard. Je vous l'ai dit, je ne crois pas aux coïncidences. Non, toutes ces informations devaient me parvenir pour une bonne raison. Je devais faire quelque chose pour réunir ces êtres abîmés avant qu'il ne soit trop tard. Je demandai à mon patron l'autorisation de faire une photocopie dans son bureau, avant de remettre le courrier de l'hôpital, là où je l'avais trouvé.

Les réseaux sociaux font des merveilles, enfin, si on exclut la méchanceté gratuite dont fut victime Sandra – et tant d'autres – et qui s'était répandue d'écran en écran comme une traînée de poudre : il suffit d'un seul cliché d'une maison posté sur Instagram, d'un nom de lieu sur Facebook et de quelques clics sur Google Street View et aucun domicile ne peut demeurer secret très longtemps.

Facile, donc, de savoir où vivait le fameux Martin Sylvestre, joueur de football adulé, pressenti pour devenir entraîneur dans un grand club dès la fin de sa carrière de sportif, quatre fois Ballon d'Or, personnalité préférée des ménagères et des supporters, mannequin à ses heures, celui dont on dit qu'il a le talon d'Agile – jeu de mots un peu douteux, c'est vrai – et, surtout, fils de Marcelin et Ernestine Sylvestre, enfant qui n'a pas vu son père depuis plus d'une décennie.

Facile de me rendre chez lui, de déposer une enveloppe à son nom pour lui montrer à quel point son père avait besoin de lui.

Facile. *Finger in the nose.* Ouais, mais bon.

Le lendemain, en fin de journée, armée de mon fidèle sac à dos, je me rendis à l'adresse que j'avais notée au dos d'un ticket de caisse. Dans cette banlieue cossue, les maisons, toutes plus belles les unes que les autres, étaient plantées sur des jardins immenses au gazon parfaitement tondu, derrière de hauts portails bardés de caméras de surveillance.

Bizarrement, la villa de Martin Sylvestre ne possédait pas la même artillerie : le portail en bois clair, grand comme mon père, avait été laissé ouvert. À l'intérieur, une allée donnait accès à une imposante maison moderne, qui paraissait formée de plusieurs blocs rectangulaires. Le toit était plat. On devinait aisément que, là-haut, s'étalait une piscine, assortie d'une terrasse et d'une cuisine d'été. À gauche de la bâtisse blanche, plusieurs voitures rutilantes attendaient leur propriétaire. Tout ici, respirait l'argent et la démesure. Je ne voyais pas de système de sécurité mais je restais sur mes gardes : mieux que quiconque, je savais qu'invisibilité n'était pas forcément synonyme d'absence.

En m'approchant un peu, je perçus les basses d'une musique écoutée à un volume élevé, pendant que des éclats de voix et des rires sonores emplissaient les vides que les *beats* laissaient par intermittence. Sans doute n'arrivais-je pas à point nommé : une fête semblait avoir cours. Je m'approchais malgré tout, le cœur battant, bien disposée à faire en sorte que Martin Sylvestre reçoive les résultats médicaux de son père.

Sur le seuil de la porte, des prospectus et des courriers jonchaient le sol. Gondolés par l'humidité et raidis par le froid, ils devaient être là depuis plusieurs heures. Je balayai les alentours du regard : personne. Il ne me restait plus qu'à déposer mon enveloppe sur laquelle était inscrit le nom du destinataire, sonner à la porte et me hâter de me cacher en attendant que mon courrier soit récupéré.

Je posai ma lettre, pressai la sonnette et courus me dissimuler dans un bosquet que j'avais repéré. Là où je me trouvais, je pouvais voir sans être vue.

Au bout d'une vingtaine de secondes, la porte d'entrée s'ouvrit en grand.

« C'est quoi ? » prononça l'accent slave d'une grande femme mince, vêtue d'un chemisier près du corps et d'une jupe très courte sur des jambes infinies perchées sur des talons échasses.

Une flûte de champagne à la main, elle promena ses yeux de droite à gauche avant d'aviser la pile de courrier à ses pieds. Elle se pencha en grommelant des mots dans une langue qui me sembla être du russe, ramassa le tout tant bien que mal. Elle saisit mon enveloppe kraft, en lut l'inscription, la retourna plusieurs fois entre ses doigts avant de la porter à son nez. Elle la renifla, la mit en boule et la jeta violemment au milieu de l'allée. Idem pour son verre rempli de champagne dont les bulles volèrent un instant avant d'éclabousser le gazon. La jeune femme rentra ensuite dans la maison en titubant et referma la porte en mugissant : « Dégueulasse champagne ! »

Ce Martin Sylvestre semblait bien mal accompagné, avec ce mannequin ivrogne qui avait la délicatesse d'un ours sibérien, ce top modèle qui devait être plus jeune que moi et qui avait balancé ma lettre en l'arrosant au passage d'un doigt de champagne hors de prix. Elle l'avait peut-être pris pour la missive d'une admiratrice secrète, ou le message d'une maîtresse éconduite, et avait une manière plutôt expéditive de faire face à la concurrence.

Je patientai quelques minutes et allai reprendre mon enveloppe, trempée d'alcool. Je l'aplatis entre mes paumes. L'encre avait un peu bavé. Mon courrier avait une bien triste allure. Tout comme moi, qui était perdue devant un choix cornélien : repartir chez moi, ou tenter le tout pour le tout et essayer de sauver la relation d'un père et de son fils. Dans ma tête, M. Sylvestre me regardait avec bienveillance. Hors de question de l'abandonner. Martin Sylvestre aurait sa lettre, coûte que coûte.

Ma lettre chiffonnée à la main, je repartis vers le petit bosquet qui m'avait constitué un abri, quelques minutes plus tôt. Là, camouflée par les branches du buisson, je sortis la bouteille de mon sac à dos. J'observai avec dépit le faible niveau de ma potion. Deux doses. Seulement deux. Je dévissai le bouchon et déposai une des deux dernières gouttes du liquide sur ma langue. Quelques minutes plus tard, j'étais invisible. Je me déshabillai, rangeai mes vêtements en boule dans mon sac et retournai vers la villa, avec la ferme intention de donner ma lettre en main propre à Martin Sylvestre, sans passer par le filtre de l'odieuse tigresse. Tenant mon courrier, je progressai à quatre pattes, de façon à ce que personne ne puisse s'effrayer de voir une enveloppe voler. Très vite, je me retrouvai dans le jardin, de l'autre côté de la maison, près d'une porte vitrée devant laquelle se tenaient des invités, occupés à fumer toute sorte de choses et de substances : des types ultra lookés et des filles grelottantes, dans des bottes en fourrure recouvrant le mollet de leurs jambes nues.

Dans un coin, un petit vélo bleu était couché, près d'une tente et d'une balançoire. J'eus une pensée émue pour le fils du joueur, le petit-fils de M. Sylvestre : quel genre de vie connaissait ce gamin-là avec un environnement pareil ? Cette déesse vulgaire venue du froid était-elle une belle-mère aimante ? L'entourage du couple, ces gens imbibés d'éthanol et de vapeur, pouvaient-ils être des adultes rassurants ?

Morte de froid, je m'immisçai au milieu du cercle des fumeurs et attendis que l'un d'entre eux se décide à ouvrir la porte-fenêtre afin que je puisse me faufiler à l'intérieur de la maison. Pendant que les invités discutaient dans un mélange d'anglais, de français et d'autre chose, je me gelais dans l'indifférence générale, nue comme un ver. Parmi eux, quelques visages m'étaient familiers : j'avais reconnu trois joueurs de football, une star montante de la chanson et, même, l'acteur d'une célèbre série. Je m'efforçais de ne pas réfléchir à la position qui était la mienne : de quoi avais-je l'air, à poil, à quatre pattes, au beau milieu de ces célébrités ? Par chance, trop occupés à échanger les derniers potins et à se congratuler mutuellement, pas un ne remarqua l'enveloppe kraft qui rampait sur le sol et qui tremblait, tout comme la main qui la tenait. Dans quelle galère m'étais-je encore fourrée ?

Enfin, la fenêtre glissa pour laisser sortir une autre invitée, une starlette qui, l'an passé, avait fait la couverture des magazines pour s'être battue dans la rue. Je profitai de son passage et pénétrai à l'intérieur de l'immense villa. Je longeai les murs, collant mon enveloppe contre les plinthes, au sol. Si le salon blanc et brillant était bondé – des gens sautaient et rigolaient sur un rythme lancinant –, le reste de la maison paraissait désert. Seule la furie slave vociférait dans le vide, ronde comme une queue de pelle.

Je devais absolument trouver un endroit où déposer ma lettre, et faire en sorte que Martin la trouve avant son mannequin alcoolique, car cette grande gigue ne manquerait pas de la balancer aux ordures, sans même prendre connaissance du contenu. D'ailleurs, savait-elle lire ?Le doute était possible, quoiqu'un peu cliché, c'est vrai. Tandis que je me perdais en conjectures pour déterminer les capacités intellectuelles de la demoiselle, je me promenai de pièce en pièce. Celles-ci étaient innombrables et cette maison constituait un véritable labyrinthe. Impossible de m'y retrouver : à chaque fois que je passais par un couloir, je découvrais de nouvelles portes et de nouvelles salles. C'était étourdissant de grandeur. Si bien que je perdis un temps monstrueux à tenter de déterminer la pièce adéquate pour y laisser mon message. Je finis par monter à l'étage, à la recherche de la chambre à coucher de Martin Sylvestre. Là, pensais-je, ma lettre avait toutes les chances d'être découverte par son destinataire, et non par l'horrible mégère qui lui tenait lieu de faire-valoir anorexique.

À l'étage, la musique était moins forte. Seul résonnait un son que je ne pus identifier tout de suite. Je vagabondai, m'efforçant d'entrouvrir chaque porte le plus discrètement possible. Derrière l'une d'elles se tenait un petit garçon, qui s'acharnait à coup de sabre laser sonore contre un adversaire imaginaire. Je le reconnus immédiatement : j'avais devant moi le petit-fils de ce cher M. Sylvestre. Je m'abandonnai quelque temps à la contemplation de ce *jedi* tout droit sorti de *Star Wars*, qui se battait avec ferveur contre tous les méchants de la Terre, grâce à son laser bionique qui lançait des éclairs. Je refermai doucement la porte, laissant cet enfant à son monde, si éloigné de celui des adultes, à l'étage inférieur.

J'étais si étonnée par cette maison et si absorbée par mes réflexions existentielles sur la célébrité, la société de consommation, les belles demeures, la répartition des richesses, la rencontre avec ce petit orphelin qui ne connaissait pas son grand-père et par ce qui pousse un fils à s'éloigner de son père, que j'en oubliai que les minutes m'étaient comptées…

Des chambres, il y en avait à foison. Mais toutes étaient inoccupées. Enfin, je parvins dans une pièce qui me semblait habitée, au milieu de laquelle trônaient un lit grandiose, un nombre incalculable de coussins et un tapis épais. Au fond, une baie vitrée décorée d'estampes japonaises donnait sur une salle de bain à la baignoire démesurée. Une grande fenêtre, sur laquelle pendaient de magnifiques voilages, filtrait la lumière. Cette suite parentale était majestueuse. Jamais je n'en avais vue de semblable.

Je me penchai sur le lit. Côté gauche, l'oreiller sentait le parfum d'une femme et la crème de nuit. Côté droit, ça sentait le coton et l'*aftershave*. Avec un peu de chance, j'avais devant moi le lit et la place de Martin Sylvestre. Pouvais-je risquer de me tromper ? J'hésitai. Mais des fourmillements dans mes doigts et mes orteils achevèrent de me convaincre : j'allais bientôt recouvrer une apparence normale, la situation était urgente, je n'avais pas le temps de tergiverser. Je cachai mon enveloppe sous l'oreiller et me dirigeai au pas de course vers la porte de la chambre. Soudain, une toux d'homme retentit, tandis que des pas se rapprochaient. Je me figeai. Merde, merde, quelqu'un approchait, et moi, je voyais déjà le contour de mes pieds se dessiner. Je redevenais visible…

Je reculai instinctivement, priant tous les saints que je connaissais de faire en sorte que les pas ne s'arrêtent pas devant la chambre. Mais quelqu'un continuait de s'approcher. Mes jambes étaient maintenant visibles. Très vite, le haut de mon corps suivrait. Et ces pas qui s'avançaient de plus en plus. Paniquée, j'ouvris la fenêtre. Si quelqu'un devait entrer, mon seul salut serait de sauter. Un étage, ce ne devait pas être la mort. Je regardai en bas. Mince, un étage, quand même.

Je n'entendis plus rien. Et puis, brusquement, la porte de la chambre s'ouvrit. Martin Sylvestre se tenait devant moi, et je me tenais devant lui, toute nue. Un courant d'air accueillit sa venue : le voilage virevolta et vint danser autour de mon corps statufié par la peur. Des mèches de mes cheveux lâchés volèrent autour de mon visage. Face à moi, l'homme était muet, stupéfait de cette apparition. Avec ses rideaux en guise de robe mouvante et mes cheveux au vent, je devais ressembler à un fantôme. Face à moi, la personnalité préférée des Français était pétrifiée. Sans un mot, je montrai du doigt l'enveloppe qui dépassait de l'oreiller, sur le lit. Le sportif déglutit, acquiesça, et, tout blême, se pencha sans me quitter des yeux. Il s'apprêtait à parler, quand, brusquement :

— Dis fils à toi d'arrêter de casser oreilles avec jeu de m…

Une coupe de champagne se fracassa sur le sol.

La planche à pain venue du froid passait de son joueur de football à moi, de moi à son joueur de football, oscillant entre le choc de la surprise et la fureur.

— Fille poil, c'est quoi ? aboya-t-elle en tapant du pied.

Martin était perdu. Son visage pâle et ses lèvres frémissantes de stupéfaction témoignaient de sa confusion mentale. Qui ? Quoi ? Hein ? Il se tourna vers elle. Il était à présent dos à moi.

— Tu la vois, toi aussi ? réussit-il à bredouiller.

Avec ses lèvres retroussées et ses yeux exorbités par la colère, elle était effrayante. Folle de rage, elle me scrutait en crachant comme un chat sur le point de se jeter sur son adversaire.

— Toi foutre ma gueule ? Fille poil comment pas voir ? Toi salaud, toi pitite con, toi va faire foutre et rester avec grosse tonne !

Le « grosse tonne » m'était manifestement destiné. C'était hyper vexant. Je me retins de lui rabattre son caquet en lui rappelant qu'en français, on disait plutôt « gros thon » et qu'il n'était pas très poli d'insulter des inconnus de cette manière.

— Mais je… essaya Martin.
— Ta gueule ! trancha-t-elle.

Elle fit brusquement volte-face et repartit dans l'autre sens, talonnée par Martin qui tenait ma lettre et courait derrière sa tsarine du dimanche en tentant de se justifier.

J'étais seule. Tout à leur scène de ménage, ils m'avaient laissée ici, dans la chambre. Je n'en revenais pas. Quelle chance inouïe ! Prenant mon courage à deux mains, j'enjambai le cadre de la fenêtre et fis un saut ridicule pour atterrir dans la rue, un niveau plus bas, à deux pas du fourré dans lequel j'avais rangé mes affaires. J'étais abasourdie par l'aventure que je venais de vivre et, surtout, par le fait d'avoir échappé à une interpellation policière pour intrusion dans une propriété privée, ou pire, par l'humiliation suprême d'être prise en flagrant délit de nudité devant tous ces gens, célèbres de surcroît. D'ailleurs, si ça se trouve, des *paparazzis* planqués dans les buissons – il devait forcément y en avoir, pas vrai ? – avaient immortalisé mon plongeon depuis la chambre à coucher. Ainsi, pendant les trois jours qui suivirent, je scrutai les actualités liées à Martin Sylvestre sur internet et j'épiai les unes des couvertures des magazines *people*, effrayée à l'idée d'avoir été photographiée. Fort heureusement, personne ne semblait avoir remarqué mon escapade. Je me détendis.

Vous est-il déjà arrivé de ressentir le besoin impérieux de vous confier ? Raconter mes péripéties, j'en crevais d'envie. Mais, comme à chaque fois, ma solitude me sauta à la gorge. Je n'avais personne ici, personne à qui parler, personne avec qui rire de mes exploits, personne à qui rendre compte de la grandeur de la villa de la personnalité préférée des Français, personne auprès de qui mimer les gesticulations de la tempête moscovite que j'avais essuyée. Personne, à part mon vieil Émile ratatiné et ses oreilles élimées, personne à part mon écran d'ordinateur sur lequel s'affichaient les messages de Justine, totalement centrée sur son histoire d'amour, personne à part ce paquet de

M&M's, ma Jojo dont la ligne sonnait encore dans le vide, et mon père que je refusais d'inquiéter. Personne.

La seule personne à laquelle je me confiais vraiment était un inconnu qui chantait dans le métro et qui n'écoutait pas un traître mot de mes paroles. Il chantait devant des passants, je parlais au carrelage de la station de métro.

Ce jour-là ne dérogea pas à la règle. Je devais relater mes prouesses, sous peine, sinon, d'imploser. Quand je trouvai mon chanteur à sa place, je m'accroupis à quelques pas de lui et me mis à raconter par le menu ma découverte dans le portefeuille de M. Sylvestre, ma visite à la villa, ma rencontre avec le sportif, le petit garçon qui jouait avec son sabre laser, la harpie pleine de champagne, ma fuite in extremis, ma crainte d'avoir fait tout ça pour rien et que l'enveloppe kraft se retrouve au fond d'une benne sans même avoir été ouverte.

Je ne me faisais aucune illusion. D'ailleurs, je ne m'attendais pas à ce qu'il m'écoute, lui qui ne connaissait probablement pas mon existence. Je bavardais avec moi-même, cela me suffisait presque, pendant que mon âme se laissait envahir par la voix de velours légèrement éraillée. Et même si des voyageurs s'arrêtaient un instant en dodelinant de la tête, j'avais l'impression qu'elle ne chantait que pour moi.

Lorsque j'eus terminé de dégonfler mon cœur et de répandre le flot de mes mots et mon sentiment du devoir accompli, je me levai et, alors que j'époussetais mon pantalon, j'entendis très distinctement, entre deux notes de musique :

« C'est bien, ce que tu as fait. »

CHAPITRE XVII

Vous raconter la suite, c'est un peu toucher les étoiles : c'est tenter de vous parler de magie et d'instants enchantés, hors du temps. Car cette nuit-là fut sans doute l'une des plus belles de mon existence. Et tant pis si en disant cela, j'ai l'air d'un cliché cucul la praline. Ceux qui, parmi vous, ont vécu de pareilles parenthèses, savent de quoi je parle. Et pour les autres, je vous invite à essayer, ça fait un bien fou.

« C'est bien, ce que tu as fait. »

Le chanteur avait éloigné le micro de sa bouche. Ses doigts continuaient à jouer quelques accords pendant que ses yeux me regardaient gentiment. Moi, je demeurais immobile, étonnée de ces mots que je venais d'entendre. Les avais-je rêvés ? Je n'en croyais pas mes oreilles. Sans doute devina-t-il mon trouble car il répéta, cette fois sans oser poser les yeux sur moi :

— C'est vrai, je trouve ça vraiment bien de ta part.

— M… merci, c'est… sympa, balbutiai-je, surprise que cette voix-là, que j'avais tant écoutée et qui m'avait sans le savoir tant accompagnée ces dernières semaines, s'adresse à moi.

— T'es quelqu'un de chouette.

Je haussai les épaules, gênée par le compliment, tandis que lui, évitait mon regard. Puis, s'armant visiblement de courage, il posa ses pupilles sur moi et me tendit une main douce et chaude.

— Léo.
— Gaëlle…
— C'est joli, Gaëlle…
— Léo, c'est joli, aussi…
— Tu rentrais chez toi peut-être ? Je ne voudrais pas te retarder…
— Oui, non, je suis pas pressée pressée…

Voilà que, avec ses yeux noirs dans les miens, je perdais mes moyens. « Pressée pressée », génial, il n'y a sûrement pas plus tarte en stock.

— Si tu veux, enfin, tu vois, moi j'ai terminé, je…
— Un café ! bondis-je. On n'a qu'à aller boire un café !

Immédiatement, je maudis mon culot monstrueux. Je me sentais minable. Ce garçon devait avoir des projets, une vie, autre chose à faire en tout cas, que traîner dans un bistrot avec une nana comme moi.

— C'est vrai ? Tu veux bien ? Enfin, je veux dire, d'accord, va pour un café.

Je devais rêver : il avait l'air sincèrement heureux de ma proposition, comme s'il l'attendait.

Pendant que les usagers du métro s'éparpillaient sur les quais et les lignes pour vaquer à leurs occupations, le chanteur remballait sa guitare, son ampli et ses CD avec un soin particulier.

— D'habitude, c'est pas moi qui m'occupe de ranger, mais j'ai donné congé à mes assistants, me souffla-t-il en me lançant un clin d'œil. C'est beaucoup de pression, pour eux, de suivre une star internationale comme moi.

— J'imagine…

Nous pouffâmes.

— Tu m'attends ? Je vais ranger tout ça et je te rejoins ici… Enfin, si ça ne t'ennuie pas… Ça ne t'embête pas ?

Je secouai la tête et patientai, étourdie par la soudaineté de cette situation. Je le regardai s'éloigner, lesté de son matériel encombrant, ne comprenant pas trop comment je pouvais me retrouver là, à attendre ce musicien que je croisais depuis des semaines et à l'oreille duquel j'avais murmuré toutes mes pensées. Et, dans ce couloir gris et blanc, où les gens passent et repassent, il réapparut tout à coup, les bras libérés, un sourire gêné accroché au visage, un regard doux vissé sur moi.

La soirée passa comme un enchantement. Nous nous installâmes tout d'abord dans un troquet, au bout de la rue. Là, nous discutâmes un bon moment. C'est là que je réalisai qu'il m'avait toujours écoutée. Depuis tout ce temps. Il avait retenu les moindres détails, il savait d'où je venais, ce que j'étais venu chercher à Paris, ce que j'y avais trouvé, mes M&M's et mon plaid, mon histoire stupide avec Gabin, ma collègue Estelle et ce que j'avais fait pour l'aider, jusqu'à ma visite à la villa de Martin Sylvestre pour y déposer une lettre dont je n'étais même pas certaine qu'elle serait lue. Tout. Il savait tout. Et le plus dingue, dans tout ça, c'est qu'il ne se moquait pas de moi. Non, ce qui était complètement fou, c'est que tout ça, tout ce que j'étais, ne semblait pas le rebuter. Il ne me jugeait pas. J'étais en confiance et, pour la première fois et sans que je puisse me l'expliquer vraiment, je ne me sentais pas trop stupide et ne ressentais pas le besoin de soupeser chaque mot que j'employais. J'étais moi, naturelle, sans fioriture, et je ne cherchais pas à me cacher. Il m'écoutait. C'était si bon.

Et puis, nous en vînmes à discuter de sa vie à lui, de ce qui l'animait. La musique. C'était tout ce qui comptait. Quand il prononçait ce mot, tout son être bouillonnait. Il en causait avec le respect fasciné qu'un enfant éprouve pour le Père Noël.

— Elle me porte. Elle l'a toujours fait. Sans elle, je ne sais pas où je serais. Elle est un peu ma mère, un peu ma sœur, un peu ma femme aussi, c'est vrai. Je peux tout lui dire et grâce à elle, je peux tout exprimer. Tout ce que j'ai au fond de moi et que je ne peux pas montrer dans la vraie vie, j'ai le droit de le faire sortir quand je chante. Tu trouves ça bête, n'est-ce pas ?

Absolument pas. Au contraire, je trouvais ça touchant. Et pour l'avoir entendu chanter un nombre certain de fois au cours de ces dernières semaines, je ne pouvais que constater que la musique lui collait effectivement à la peau. Porté par mes encouragements, il dit encore :

— Quand je chante, je me sens… humain. Je ne suis plus ce gringalet que les plus costauds embêtaient dans la cour, ce gosse rêveur qui préférait s'évader en regardant par la fenêtre plutôt que de réfléchir au problème de maths que le prof avait inscrit au tableau. Je ne suis plus cet ado mal dans ses baskets qui ne comprend pas ce qu'il fait là. Je suis tout ça, oui, cela fait partie de moi, mais je suis un peu plus. Comme si, en chantant, j'étais d'un coup plus grand. C'est pas que je veux dépasser les autres, non non, c'est pas ça du tout. Tu crois pas ça, hein ? C'est que je ne suis vraiment pas doué pour expliquer les choses, pardon, tu vas me prendre pour un type prétentieux. Mais le truc, c'est que je ne sais faire que chanter, je suis bon à rien d'autre. J'ai essayé des tas d'autres jobs, des boulots normaux, mais ça ne marche jamais, c'est comme si mes doigts refusaient de toucher à autre chose qu'à une guitare. Du coup, quand je chante, je me sens utile. Et lorsque je vois que des gens s'arrêtent pour m'écouter, et que j'arrive à leur arracher un petit sourire alors que, la seconde d'avant, ils avaient l'air si triste, eh ben, je me sens heureux. Parce que j'ai servi à quelque chose.

Léo parlait comme il chantait. Sa voix enrobait les êtres et les lieux, avec délicatesse. Elle était présente, et, en même temps, ailleurs. C'était étrange. Et lui, il était… différent. Lui qui, sa guitare à la main, paraissait si sûr de lui comme le roi d'un monde auquel lui seul aurait eu accès, il s'avérait être en réalité un jeune homme extrêmement timide.

Les heures passaient et nous ne les voyions pas : il n'y eut pas un seul moment de gêne entre nous, les paroles s'échangeaient avec la fluidité propre à ceux qui se connaissent depuis toujours. Pas de blanc, pas de coup d'œil discret sur la montre, pas de sensation de temps immobile. Seuls les regards oppressants du tenancier finirent par nous indiquer qu'il était temps de lever l'ancre.

Mais nous souhaitions tous deux prolonger ce moment de grâce. Alors nous déambulâmes dans la rue, à la recherche de rien mais avec l'envie de tout, puis nous prîmes un rapide repas dans un fast-food, avant de pénétrer, presque au hasard, dans un karaoké.

Celui-ci était quasiment vide. Il faut dire que les karaokés sont passés de mode depuis plusieurs années. À Paris comme à Trébeurden, ils ne sont plus fréquentés que par quelques habitués qui aiment donner de la voix et se retrouver pour fredonner les tubes de leur jeunesse. Nous commandâmes des boissons. Sur la piste, un homme aux cheveux blancs tentait le tout pour le tout en reprenant *SOS d'un Terrien en détresse* de Daniel Balavoine, sous les encouragements d'un DJ au taquet.

— Tu as envie de chanter ? me demanda Léo.

— Oh non, je suis une vraie casserole. La plus casserole de toutes les casseroles de l'univers.

— On s'en fiche, essaye ! C'est juste pour s'amuser.

— Non, non, je… je suis nulle, c'est pas une voix que j'ai, c'est un handicap…

Il sourit et consulta le catalogue des chansons disponibles. Il écrivit quelque chose sur un morceau de papier et le donna à la serveuse. Le Terrien avait à présent déserté la piste sous des acclamations parcimonieuses.

« *Et maintenant, on accueille Gaëlle qui va marcher sur le soleil. Et c'eeeeest partiiiiii pour…I'm walking on sunshine de Katrina & the Waves !* »

— Oh non, t'as pas fait ça ?!

— Allez, viens !Tes fans te réclament !

Je tournai la tête, horrifiée. Trois péquins et un tondu applaudissaient.

— Léo, non…

— Mais si ! On ne fait pas attendre son public !

Je résistai mollement, sans grande conviction, sûrement par envie de me faire un peu désirer. Ainsi, plus vite qu'il n'en faut pour le dire, je me retrouvai sur la petite scène baignée de lumières multicolores, un micro à la main, face à un écran où défilaient des paroles et des images sirupeuses. Je me sentais affreusement ridicule, comme une baleine empotée au beau milieu d'un supermarché. Au début, tétanisée par le trac, je ne pouvais empêcher ma main de trembler. Ma gorge serrée n'autorisait qu'un filet de voix vacillant. Je chantais faux, c'était terrible, un vrai massacre. Puis, stimulée par la présence de Léo non loin de là, je me laissai aller à chanter plus fort – plus faux aussi, mais cela m'était égal –, allant même jusqu'à tenter quelques déhanchements. Tout à coup, je me fichai bien de ce qu'on pouvait penser de moi. Pour la première fois, j'étais libre, libre d'être qui je voulais et de me montrer sous un nouveau jour. Jamais auparavant, je ne m'étais sentie aussi bien. Je m'éclatais. Et c'était grâce à Léo.

Le morceau déroula ses notes comme une météorite. Lorsqu'arriva la fin, j'étais exténuée. Mais heureuse, terriblement heureuse. Je descendis de la petite scène.

— La honte. J'étais complètement mauvaise, c'est ça ?

— Absolument pas…

— Arrête, c'est pas drôle, te moque pas de moi…

— Tes yeux brillent, remarqua Léo avec un sourire en coin.

Je baissai la tête, rougissante.

— C'est sûrement la fatigue.

— Tu crois vraiment ? En tout cas, je trouve que ça te va plutôt bien.

— D'être fatiguée ? fis-je en sentant mes oreilles virer au rubicond.
— Non, de t'amuser et d'être juste joyeuse, sans te poser de questions.

« *Après cette balade sur l'astre solaire, c'est au tour deeeee… Lééééééo de nous éblouir sur une chanson d'Eltooooon Jooooooohn, Yoooouuuuur Soooong !* »

Nous tournâmes la tête en même temps.

— Je crois que c'est à moi, souhaite-moi bonne chance !
— Comme si tu avais besoin de…

Mais il n'avait pas attendu la fin de ma phrase pour bondir sur la piste. Le halo des projecteurs tournoyait sur son visage, soudain empreint de sérieux et d'un autre sentiment, indéfinissable. Ce n'était pas de la peur, c'était une sorte d'hésitation. Il ressemblait à un petit garçon qui s'apprête à réciter une poésie devant toute la classe.

« Tu sais, m'avait-il expliqué un peu plus tôt, les premières notes sont toujours difficiles à sortir pour moi. Elles sont comme un sas, entre ce monde et le mien. Mais une fois que tout a démarré, une fois que j'ai dépassé cette étape, alors rien d'autre ne compte que la musique. »

Effectivement, j'avais du mal à croire que le jeune homme timoré qui attendait le début de la mélodie, mal à l'aise avec son micro à la main, les jambes tordues par le stress, était ce chanteur exceptionnel qui enveloppait les couloirs du métro. Et pourtant. Les premiers accords de piano résonnèrent et Léo abaissa ses paupières.

« It's a little bit funny this feeling inside
I'm not one of those who can easily hide
I dont't have much money but girl if I did
I'd buy a big house where we both could live. »

Il se mit à chanter, transfiguré. Et les toux intempestives, brusquement, s'éteignirent, les buveurs à la paille cessèrent de siroter leur cocktail et tous levèrent la tête vers cette voix hors du commun et cette présence irréelle.

« If I was a sculptor, but then again, no
Or a man who makes potions in a traveling show
I know it's not much but it's the best I can do
My gift is my song and this one's for you… »

Il regardait dans ma direction. À vrai dire, il ne regardait que moi. Il s'adressait à moi, me touchant en plein cœur.

« …I hope you don't mind that I put down in words
How wonderful life is while you're in the world. »

Bouleversée par ce torrent d'émotions qui m'assaillaient, je ne pus empêcher des larmes de venir humidifier le coin de mes yeux tandis qu'une salve de bravos remplissait la petite salle. Les spectateurs n'étaient certes pas très nombreux, mais tous, sans exception, étaient debout, y compris le DJ qui, perturbé par ce à quoi il venait d'assister, cherchait les mots qui lui permettraient d'annoncer le prochain titre sans pour autant briser le sortilège que Léo avait lancé sur l'assistance et sans renvoyer dans le ciel les étoiles que ce chanteur avait décrochées, l'espace de trois minutes. Léo, quant à lui, était redevenu ce petit garçon fragile, un peu perdu, un peu craintif, s'excusant presque d'avoir osé faire du raffut. Et, alors qu'il descendait les marches, les applaudissements allèrent crescendo. Un quinquagénaire dégarni siffla pendant qu'une femme d'un âge incertain se recoiffait en pleurant, telle une adolescente sur le point de rencontrer son idole. Quant à moi, engourdie, j'attendais les bras ballants que Léo me revienne. Je vivais la plus belle soirée de ma vie.

À deux heures du matin, le bar ferma ses portes. Nous nous mîmes alors à flâner dans Paris, chahutant sur la place de la Madeleine, riant devant les grilles du Jardin des Tuileries, refaisant le monde sur les quais de Seine, nous bousculant gentiment en remontant la rue du Faubourg Saint Honoré, jouant avec un écho inexistant sous l'Arc de Triomphe, puis descendant paisiblement l'avenue des Champs Élysées au milieu des files de voitures – peu nombreuses à cette heure –, sa veste sur mes épaules, son bras contre le mien, nos cœurs à l'unisson dans l'aube qui nous cueillait déjà sur les pavés, fourbus mais heureux, encore sidérés qu'il nous ait été donné de tomber l'un sur l'autre. Deux gosses.

L'heure sonna de nous séparer, un déchirement amoindri par la promesse de nous revoir bien vite. Son numéro de téléphone noté sur un bout de papier car mon téléphone n'avait plus de batterie– « Je t'appelle très vite, promis », lui avais-je assuré –, je rentrai chez moi, le bonheur en bandoulière, sans même réaliser que nous étions le 25 décembre.

La fiole était sur la table basse. Éclairée par les premiers rayons, elle scintillait de mille feux. À côté, trônait le CD que j'avais acheté à Léo, deux jours auparavant. Je saisis les deux objets, le disque à droite, le flacon à gauche, les fis rouler entre mes doigts. Il ne restait plus qu'une dose, une seule. Alors, aider Léo ou l'utiliser pour subtiliser les documents à la mairie et écrire un papier qui me permettrait d'obtenir un poste à *Toi Magazine ?* Valait-il mieux réaliser son rêve à lui ou le mien ? Pourquoi fallait-il que tout soit toujours si difficile ?

CHAPITRE XVIII

J'avais froid. La nudité en plein hiver, ce n'est vraiment pas une grande idée, d'autant plus que le vent, ce matin-là, était particulièrement piquant. Aussi, je ne me fis pas prier pour profiter du passage d'un coursier et entrer dans le grand bâtiment. Un bref coup d'œil en catimini derrière le comptoir de l'hôtesse d'accueil me permit de consulter la liste des personnes travaillant ici et, en moins de temps qu'il n'en faut pour le dire, Super-à-Poil se retrouva dans les étages, à l'insu de tous, prête à réaliser ce pour quoi elle était venue.

Le bureau que je cherchais était facile d'accès et, par chance, complètement vide. Je croisais quelques personnes qui s'affairaient, un mug à la main. Parmi elles, certaines jetaient des œillades perplexes dans ma direction mais reprenaient la route aussi sec, dès lors qu'elles réalisaient que leur sixième sens les avait dupées et qu'aucune présence n'était à déclarer. Cela ne m'empêchait pas de ressentir quelques sueurs froides, étonnée à chaque fois que ce petit miracle d'invisibilité se reproduisait. J'imagine que toute une vie ne me suffirait pas pour m'y habituer. De toute façon, la question ne se posait même pas : j'étais en train d'utiliser la dernière dose – à bon escient, j'en étais convaincue –, et, après cette ultime intrusion, je ne serais plus cette héroïne sans cape et sans collant moulant. Quant à ma bouteille sans âge, elle ne serait bientôt plus qu'une antiquité inutile, un petit objet émouvant qu'on abandonnerait à la poussière sur une étagère, au-dessus d'une cheminée.

Tout se déroula sans la moindre anicroche et, trente minutes plus tard, j'enfilai mes vêtements derrière l'énorme compteur électrique où j'avais dissimulé mon éternel sac à dos. J'attendis que mon corps reprenne son apparence normale, avant de partir pour une nouvelle journée à la boulangerie.

J'étais heureuse. J'avais la sensation d'être là où je devais être. Je repensais à ma mère qui, lorsque j'étais enfant, me répétait souvent que le bonheur résidait surtout dans le fait de se sentir à sa place dans ce monde et que si on était capable d'écouter son intuition, alors il suffisait de se laisser guider. Selon elle, la vie était un immense puzzle dont on n'aurait pas le modèle. Les pièces éparses s'emboîtent les unes aux autres au fur et à mesure des étapes qui jalonnent notre existence. À la fin, on se rend compte que chaque pièce a sa raison d'être et que si l'une manque, tout l'édifice vacille et le dessin n'a plus aucun sens. À présent que j'étais en âge d'expérimenter moi-même la philosophie douce et bienveillante de ma maman, je comprenais combien elle avait raison, sur toute la ligne.

Hormis les commandes de bûches et de petits fours salés que des clients emmitouflés venaient récupérer, la période était plutôt calme dans la boulangerie. Les vacances de fin d'année avaient poussé les Parisiens hors de la ville et de nombreux citadins avaient fui leur appartement pour se retrouver en famille, dans une grande maison, au coin du feu. Bien sûr, mon père, ma grand-mère et ma Jojo me manquaient. Évidemment, je me languissais des mails de Justine qui espaçait ses réponses de plus en plus car elle devait avoir mieux à faire, en compagnie de son copain trop marié. Mais je ne lui en voulais pas. J'étais trop heureuse pour éprouver du dépit. Léo avait éveillé cela en moi : la faculté de me réjouir, réellement et sans aucune arrière-pensée, pour les autres.

Ah, Léo. Il n'était pas l'homme sûr de lui et de son charme qu'était Gabin. Il n'était pas le type à la bonne situation que les mères espèrent souvent pour leur fille. Pas non plus très costaud, ni très grand, sûrement pas un de ces mecs bodybuildés sur lesquels les filles se retournent. Il n'était pas grande gueule, ne cherchait pas à en imposer aux autres, ni à se faire valoir au milieu d'une assemblée. Non, Léo était simplement un rêveur que la Lune avait posé sur Terre et qui croyait dur comme fer en sa bonne étoile. Léo, en somme, était parfait. Parfait pour moi. Nous nous connaissions depuis des siècles, c'était, pour moi, une évidence.

Dans le désert de l'entre-deux fêtes, Estelle et moi avions du temps pour bavarder. Elle me raconta combien le remboursement de son crédit pour la moto lui avait permis de sortir la tête de l'eau et me narra le début de son idylle avec un des pâtissiers de chez Milard et Compagnie. Elle était dingue de ce type. Il avait des enfants et quelques dettes. Elle se sentait prête à jouer ce rôle-là. Je soupirai, amusée : Estelle était décidément indécrottable.

Nous étions toutes les deux dans l'arrière-boutique, occupées à plier des torchons – « dans ce sens-là, Gaëlle, pas dans un autre voyons, sinon on défait toute la pile quand on en récupère un », me répéta ma collègue un nombre incalculable de fois – quand, soudain, la clochette retentit, nous informant que des clients venaient de passer la porte.

— J'y vais, prévins-je Estelle, contente d'échapper à la corvée des torchons qui ne se plient que dans un sens.

— Vas-y, je termine pendant ce temps-là. De toute façon, le pliage, on peut pas dire que ce soit ton truc…

Je pénétrai dans le magasin avant de m'arrêter net : devant moi se tenait M. Sylvestre, tout sourire, accompagné de son fils, Martin, et d'un garçonnet que je reconnus être l'apprenti *Jedi.* Je fis volte-face.

— Finalement, je te laisse y…

Driiing, hurla le téléphone.

« *Allô ?* » répondit Estelle, me condamnant ainsi à faire face au trio.

— Ah, bien le bonjour chère Gaëlle, s'écria M. Sylvestre dès qu'il m'aperçut au bout du comptoir. Vous avez le teint frais d'un edelweiss planté au cœur du Tyrol autrichien.

— Papa… souffla son fils sur un ton bienveillant sans lever les yeux sur moi.

Tant que Martin Sylvestre regardait les viennoiseries, je bénéficiais d'un répit. Dans mon for intérieur, je priais : pourvu, pourvu qu'il ne me reconnaisse pas, lui qui m'avait vue complètement nue dans sa chambre à coucher. Dans le même temps, j'éprouvais une grande bouffée de joie : s'il était là avec son père, c'est donc qu'il avait ouvert ma lettre. Cette famille était enfin réunie.

— Eh bien, petit Antonin, que souhaites-tu dévorer pour ton goûter ?

Je souriais devant cette scène touchante et inattendue. L'apprenti soldat de la Force avait donc un prénom. Antonin.

Antonin, donc, pointa la vitrine vers les pains au chocolat, les croissants, les chaussons aux pommes et les pains aux raisins, sous les yeux ravis de M. Sylvestre qui contemplait son petit-fils avec un bonheur intense.

— Tout ça ? rit-il, tu es certain d'avoir assez faim pour toutes ces viennoiseries ?
— Je pense qu'une seule devrait suffire, intervint Martin, passant machinalement des entremets à l'étal des quiches.
— Tttttt, celui qui privera Gargantua n'est pas encore né, rétorqua le grand-père en me lançant un clin d'œil appuyé.

Il me susurra :

— Vous voyez Gaëlle, c'est pour ça qu'à mon âge, le cholestérol et le diabète envahissent le territoire. C'est à cause des petits-enfants trop gourmands dont il faut terminer les restes… Ah, dure vie que celle du retraité joyeux qui se roule dans le feuilletage.

J'opinai du chef, m'efforçant de ne pas parler pour ne pas attirer l'attention. Derrière, la voix d'Estelle faisait des bonds joyeux. Elle menait une conversation animée et pleine de gloussements avec celui que je supposais être le commercial d'une société de farine ou de matières premières pâtissières. Je priai pour que celle-ci se terminât bientôt et que ma collègue puisse rapidement venir à ma rescousse, craignant que le regard de la personnalité préférée des Français finisse tôt ou tard par se poser sur moi.

J'emballai les viennoiseries le plus vite possible, revins en caisse, annonçai d'une voix blanche, que je m'efforçais de rendre discrète :

— 5 euros 60, s'il vous plaît.

M. Sylvestre sortit son portemonnaie en chantonnant, tandis que le sportif s'approcha de la caisse, leva les yeux vers moi, les retira, jeta à nouveau une œillade dans ma direction, parut hésiter. Dans ma tête, un « crotte-crotte-crotte-non-pas-ça » tournait en boucle pendant que mon estomac vrillait dans tous les sens.

M. Sylvestre tendit le paquet de viennoiseries à son petit-fils : « *Tiens, voilà ton goûter* ». Quant à moi, je faisais mon possible pour me faire oublier. J'aurais donné cher pour m'enterrer sous ma caisse, et me blottir près des recharges de rouleaux de tickets.

Enfin, ils amorcèrent un mouvement vers l'extérieur, à mon grand soulagement. Mais le footballeur bientôt entraîneur avait manifestement flairé l'entourloupe et, au moment de sortir, il revint sur ses pas.

— On s'est déjà vus quelque part, non ? Votre visage m'est…

Il rougit légèrement. Nul besoin d'être devin pour savoir quelle réminiscence son esprit avait convoquée. Il continua :

— … bref, quelque chose chez vous ne m'est pas inconnu…

— Euh non, objectai-je en prenant garde de regarder partout sauf vers lui, je crois pas, non.

Je crus défaillir. Heureusement, un groupe de clients entra. Apercevant Martin, l'un d'eux s'approcha de lui et réclama un autographe, alors qu'Estelle, qui venait de raccrocher, pénétrait à son tour dans le magasin. Je profitai de ce détournement de l'attention générale pour me couler dans l'arrière-boutique, un sourire en coin imprimé sur mon visage. J'avais réussi mon pari et rendu à M. Sylvestre un peu de cette lumière qu'il donnait au monde.

J'étais enchantée et je n'avais plus qu'une envie : partager ma joie avec Léo. Tout le reste de la journée tendait vers ce moment où j'allais enfin revoir mon chanteur formidable, ce jeune homme qui, deux jours auparavant, m'avait offert la plus belle des chansons. Je n'avais plus son numéro de téléphone, mais qu'importait, je n'étais pas inquiète : Léo James serait là, entre la ligne 14 et la station Saint-Lazare, funambule occupé à marcher sur le fil qui relie son monde à l'autre, et à distribuer au passage aux usagers du métro des pelletés de poudre d'or.

Le soir arriva, l'heure de retrouver Léo aussi. J'étais une pile électrique. J'avais tant, tant à lui raconter. Mais la jonction entre la ligne 14 et la station Saint-Lazare était déserte. Pas de voix de velours exquise, pas de présence irréelle, pas de guitare qui pouvait briser des montagnes, pas de charme, pas de magie. Rien que du gris, du blanc, et l'impression horrible d'avoir rêvé ce jeune homme, notre parenthèse hors du temps dans ce karaoké, notre escapade dans Paris, notre remake de Titanic sur l'avenue des Champs-Élysées, sa veste sur mes épaules, ses bras autour de ma taille et notre complicité fulgurante.

Je sortis brutalement du métro. Je n'avais pas le cœur à affronter ni les rames bondées, ni les éclairages blafards, ni les mines réjouies de ceux qui s'apprêteraient bientôt à passer un autre réveillon.

Dehors, un vent cinglant s'était levé. Au-dessus de moi, des flocons tournoyaient sous la protection d'un réverbère. L'air était glacial. Je renouai mon écharpe, zippai mon manteau, enfonçai ma tête dans mes épaules et m'éloignai. Mes chaussures patinaient sur une bouillasse de pollution et de neige fondue. Le décor était à l'image de l'état de mon cœur : pâteux et triste. Léo était trop beau pour être vrai. Ce bonheur-là n'était pas pour moi.

CHAPITRE XIX

C'était décidé : j'allais passer le reste de ma vie à détester les fêtes de fin d'année. Les décors illuminés, les figures cramoisies d'allégresse, les lueurs au fond des yeux, les batailles de boules de neige, les publicités Kinder, les calendriers de l'Avent, les vieux bonhommes rouges à barbe blanche, les reportages télé sur les chocolatiers, les bougies, les sapins, les rendez-vous chez le coiffeur pour être la plus belle au réveillon, les grandes tablées festives, le champagne qui coule à flots, les embrassades sous le gui, les vœux en veux-tu en voilà, bref, toutes ces choses qui rendent cette période différente du reste de l'année n'étaient plus pour moi. Mais, bien sûr, lorsque vous travaillez dans une boulangerie, il est difficile de passer à travers tout ça. Entre les bûches, les pains-surprise, les mignardises, les verrines que Rodolphe Milard préparait avec soin, les petits calendriers à offrir que des associations déposaient sur le comptoir, et les clients qui vous souhaitaient, encore et encore, une bonne année – « et surtout une bonne santé, hein » –, j'avais de quoi dépérir. Le bonheur de tous ces gens était à la mesure de ma tristesse. Nous étions le 2 janvier et le manque de Léo était une enclume sur mes épaules.

Tous les soirs, je passais devant la place qu'il avait l'habitude d'occuper, avec son ampli, son micro et sa guitare. À chaque fois, un espoir fou me poussait dans le métro ; à chaque fois, une tristesse insondable m'en sortait. Je repensais à sa voix. Je repensais à son charisme. Je repensais à son sourire. Je repensais à lui. Et à cette nuit-là qui avait désormais la saveur d'un songe.

Il était temps de changer la vitrine. Estelle mettait un point d'honneur à ce que le décor fût modifié en temps et en heure. Elle trouvait que des guirlandes de Noël en janvier – même tout début janvier – donnaient une impression de décrépitude et de négligence. « Et encore, si ça ne tenait qu'à moi, j'enlèverais tout le 26. C'est comme les magazines que tu trouves dans les salles d'attente des médecins. Ils ont toujours plus d'un an de retard. Du coup, les publicités à l'intérieur ne sont plus valables. Et bien moi, ça me déprime ! ». Cela m'était égal. Seule comptait cette absence en forme d'angoisse qui me rongeait. Je n'avais même plus de potion d'invisibilité pour me changer les idées. En remisant la bouteille vide au fond de mon placard, j'avais retrouvé ma petite vie d'avant, banale et un peu bancale, et je n'avais plus aucun moyen de me sortir du marasme de ce quotidien déprimant. Ne me restait plus que mon vieil Émile, mon plaid et mes M&M's en guise de réconfort.

Pendant que ma collègue mettait en place les galettes des rois, qui, déjà, remplaçaient les bûches, je détachais les décorations du sapin et rangeais un à un boules, étoiles et flocons en plastique dans le carton, où ils prendraient la poussière jusqu'à l'an prochain. À côté, un bonhomme de neige, une paire de skis, une luge, la réplique miniature d'un chalet en bois et des morceaux de coton attendaient d'être mis en scène.

Derrière moi, les *gling-gling* de la sonnerie résonnaient à intervalles réguliers. Les clients se succédaient, servis par une Estelle lumineuse et maquillée à grand renfort de paillettes. « C'est pour marquer le coup, parce que le 2 janvier n'arrive qu'une fois par an ! » répondait-elle à ceux qui s'exclamaient : « Vous êtes très en beauté aujourd'hui, mademoiselle ! ».

Perdue dans la mise en place de ma saynète censée rappeler un petit village près d'Avoriaz, je ressassais ma mauvaise fortune et glissais dans une sorte d'apathie tristounette et mélancolique. Au bout d'un moment, j'étais enfin sur le point de terminer la vitrine. Il ne manquait plus que le bonhomme de neige, qui trônerait fièrement au centre de toutes les attentions – non pas au milieu, trop convenu selon moi, mais légèrement à droite. Lorsque j'attrapai le bonhomme de neige, la tête se dessouda du corps. Entre mes mains, une grosse boule blanche, deux billes noires, une carotte en polystyrène et un énorme sourire en allumettes peintes en rouge me faisaient face. « Ce sont mes enfants qui l'ont fait, celui-là », avait dit fièrement Rodolphe Milard. Chouette, j'allais en plus me faire engueuler par le patron parce que j'avais cassé l'œuvre de ses gosses. Je regardais la tête qui, elle aussi, me regardait.

Je fais quoi, moi, maintenant ? Tu as la réponse, toi ?

Un énième *gling-gling* retentit. Je me tournai machinalement vers l'entrée du magasin. C'est là que je le vis, les mains pleines de sacs en papier.

Lui aussi, il me vit. Et mon cœur, brusquement, se remplit de l'oxygène dont son absence l'avait privé. Léo…

— Monsieur bonjour ! lança Estelle de son intonation joviale. Qu'est-ce que je vous sers ?

Il regarda ma collègue, souriant légèrement, gêné.

— Euh, oui, bonjour, je…

J'enjambai la balustrade qui séparait la vitrine du reste de la boutique pour me rendre au-devant de lui :

— Je m'en occupe, nous nous connaissons.

Le visage de Léo s'éclaira. La gêne disparut aussitôt.

— Bien, bien, ronchonna ma collègue qui n'aimait pas être mise de côté. Je suis juste derrière si besoin.

Elle s'éclipsa, alors que je posais ostensiblement les yeux sur les mains chargées de sacs de boulangerie de Léo. Celui-ci, vaguement mal à l'aise, répondit à ma question silencieuse :

— C'est que c'est la septième boulangerie que je fais. À chaque fois, je rentrais pour savoir si tu y étais. Je n'osais pas repartir sans acheter quelque chose…

Je retins un éclat de rire qui se consuma dans l'énorme bouffée de bonheur qui me renversa.

— Tu veux dire que tu m'as…

— … cherchée ? Oui… Et j'ai eu peur de ne jamais te retrouver. J'ai même cru que tu étais repartie chez toi. Je n'avais pas de tes nouvelles…

— J'ai perdu ton numéro, avouai-je, penaude. Tu te souviens ? Je l'avais noté sur un bout de papier et je ne l'ai pas retrouvé.

Ses pupilles se fixèrent sur les miennes.

— Et tu m'aurais appelé, si tu l'avais retrouvé ?

— Bah oui, évidemment. Moi aussi, j'ai eu peur de ne jamais te revoir.

Léo s'illumina et tendit sa main pour attraper la mienne, faisant tomber deux de ses sacs qui tenaient en équilibre les uns sur les autres. De mon côté, surprise, je lâchai la tête du bonhomme de neige qui atterrit sur le sol et roula sur une courte distance, en s'allégeant au passage d'une bille et de deux allumettes rouges. Nous rîmes de notre maladresse commune. Tout était parfaitement parfait !

Un peu plus tard, alors que nous prenions un verre, il me confia que, le surlendemain de notre *Paris by night*, il lui était arrivé quelque chose d'absolument formidable, « un truc de dingue » qui l'avait tenu éloigné de la station de métro les jours qui suivirent.

— Figure-toi que le directeur d'une grosse maison de disques est venu me voir jouer dans le métro deux jours après notre nuit.

Il baissa les yeux, mal à l'aise de ce que ce dernier mot pouvait induire. Je souris, l'invitai à poursuivre. J'aimais ses sous-entendus.

— Je ne sais même pas combien de chansons il a écoutées. Une ? Deux ? Plus ? Toujours est-il qu'il est venu me parler et qu'il m'a invité à boire un café. Et tu sais quoi ?

J'avais ma petite idée, oui. Mais je secouai la tête.

— Il m'a proposé un contrat !
— Tu rigoles ? Mais c'est génial !

— Tu réalises ? C'est comme si une bonne fée s'était penchée sur mon cas et avait décidé de me donner un petit coup de pouce…

Il laissa ses paroles en suspens, sourit d'une manière suspicieuse. Je feignis de ne pas relever, bottai en touche.

— C'est magnifique ! C'est le début d'une immense carrière, j'en suis sûre. Tu as tellement de talent ! Il faut que le monde entier le sache !

D'ailleurs, quand on y pense, je n'ai pas fait grand-chose. J'ai juste forcé un peu le destin. Mais à peine. Tout le reste, c'est Léo qui l'a fait. C'est lui qui possède une voix magique, lui qui chante comme personne, lui qui sait embraser les émotions et réveiller les passions les plus vives. C'est lui. Moi, j'ai seulement pointé du doigt l'endroit où le miracle avait lieu tous les soirs. Je me suis contentée de déposer un disque sur un bureau, j'ai noté une station de métro et une heure, et Léo a fait le reste. J'ai amorcé la pompe, Léo a inventé la rivière.

Il était si radieux, et, étonnamment, si serein. Lui ne le voyait pas comme ça, bien sûr, mais je connaissais la raison de ce calme alors que son excitation, à la perspective d'une grande carrière, aurait dû être à son comble. C'est que Léo était à sa place. Au bon endroit. Au bon moment. Depuis toujours, il savait que la musique serait sa vie. Cette nouvelle donne n'était que la confirmation de ce qu'il pressentait depuis qu'il était enfant.

Quand, un peu plus tard dans la soirée, il posa ses lèvres sur les miennes, juste là, au coin de ma bouche, en murmurant un « merci », j'étais aux anges. J'avais fait le bon choix, aucun doute là-dessus.

CHAPITRE XX

J'étais amoureuse de Léo. Chacune de ses victoires était un peu la mienne. Les jours passaient, et mon chanteur, très sollicité, enchaînait les rendez-vous avec le directeur artistique, les musiciens, les producteurs, les attachés de presse, les ingénieurs du son, les monteurs, les photographes. Et avec moi. Bref, sa carrière, comme notre relation, démarrait sur les chapeaux de roue, pour notre plus grand bonheur.

Vous vous demandez sans doute où en étaient mes rêves de devenir un jour cette journaliste tout-terrain. Les avais-je sacrifiés ? Un peu, oui. Mais autre chose m'attendait. Comme quoi, parfois, dans la vie, il faut aussi savoir se laisser porter.

Ma potion terminée, je n'avais plus la possibilité de m'infiltrer dans le bureau du conseiller du maire pour mettre la main sur la liste de noms et de montants qui auraient pu changer la donne des prochaines élections et me permettre ainsi de rédiger l'article le plus cinglant et le plus stupéfiant de la décennie. En choisissant d'aider Léo, j'avais choisi de ne pas fournir de *scoop* au rédacteur de *Toi magazine*, flinguant ainsi toute chance de me faire une place au soleil parmi les plus grands reporters.

Pour autant, je me voyais mal ne jamais répondre à la sollicitation de Pierre Paru. Impossible de me dire qu'un jour prochain, il pourrait s'emporter devant un confrère, histoire de mettre un terme à une carrière toute balbutiante : « *Ah, cette Gaëlle Roelec ? Pas fiable. J'attends encore le papier qu'elle devait me faire il y a trois ans* ».

Alors je me creusais la cervelle pendant des jours des jours, jusqu'à ce que Léo ait un éclair de génie :

— Tu n'as qu'à écrire ton histoire.

— C'est pas un roman qu'il veut, c'est une pige sur l'actualité.

— De toute façon, tu avais dix jours, tu es hors délai…

— Merci, je m'en suis rendue compte.

— Donc, c'est foiré…

— Décidément. On t'a déjà dit que tu avais un don pour remonter le moral des troupes, toi ?

— Oui, à peu près trois millions quatre cent vingt-huit mille trois cent quarante-neuf fois, lança-t-il avec un clin d'œil.

— Et sinon, tu as une corde pour que je me pende ?

— Vois le côté positif !

— C'est quoi le mieux, tu penses ? Chanvre ? Synthétique ?Il paraît que la fibre de noix de coco, c'est pas très solide…

— Perdu pour perdu, tu dois lui proposer un truc différent.

— Un truc différent ? Bah ça, c'est sûr qu'envoyer un roman à un rédacteur en chef, c'est hyper différent. Limite aucun sens en fait.

— C'est là que tu as ta carte à jouer ! *Toi magazine* est bien destiné à un lectorat féminin ?

— Oui.

Il sortit de l'étui de sa guitare un exemplaire de *Toi magazine* qu'il venait de se procurer au kiosque.

— Regarde : on y trouve de l'actualité, c'est vrai, mais ce n'est pas l'intérêt de ce magazine, n'est-ce pas ?
— Ouais…

Il tourna les pages une à une.

— Il y a de la pub, de la pub, de la pub, bon, encore un peu de pub. Y a beaucoup de pub quand même…

J'acquiesçai. Où voulait-il en venir ? Il continua sur sa lancée.

— Il y a des conseils pour éliminer tout le chocolat avalé pendant les fêtes, un comparatif des tenues de deux actrices, un reportage sur un type qui a ouvert un hôtel aux Maldives, qui n'a pas l'air mal d'ailleurs, t'as vu les photos, ça donne envie…
— Je connais ce magazine. Et je vois pas le rapport avec moi…
— Attends, j'ai pas fini. Une page de BD, un article sur comment venir à bout de son ado…

Je soufflai, impatiente.

— Et tadaaaa, une nouvelle, en pleine page !s'écria-t-il sur un ton victorieux.
— Et puis ? Quel rapport avec un texte que je pourrais lui envoyer ? Admettons que j'écrive tout ça, comment veux-tu que je raconte toutes ces semaines dans un format aussi court ?
— Vois plus loin, Gaëlle ! Au XIXe siècle, beaucoup de romanciers faisaient publier leur texte en épisodes. Balzac, Alexandre Dumas, Eugène Sue, Paul Féval…

Le roman-feuilleton, tu connais ? Tu changes les prénoms, et hop, tu as tout ce qu'il te faut !

Cette fois, je hochai la tête, intriguée. L'idée de Léo n'était peut-être pas si farfelue que ça. Qu'avais-je à perdre, après tout ?

Alors, je m'y suis mise. Cela m'a pris deux semaines au cours desquelles j'écrivis tous les matins et tous les soirs, ne sortant plus que pour me rendre chez Milard et Compagnie, ne levant plus le nez de mon ordinateur que pour prendre des nouvelles de mon grand Papa, de ma grand-mère Marie qui s'étonnait toujours qu'on ne m'ait pas encore subtilisé mon sac dans cette ville de fous, de ma Jojo, toujours par monts et par vaux et désespérément injoignable, et de Justine, à qui j'avais fini par offrir une ligne prépayée qu'elle allait pouvoir utiliser en complément de son forfait riquiqui pour qu'elle me raconte plus en détail sa passion dévorante avec son chef d'entreprise marié et sûrement heureux de l'être.

Au bout d'une quinzaine de jours, j'avais entre les mains le premier jet de mon roman. Je l'avais rédigé sans trop y croire. Pourtant, au moment d'entrer l'adresse de Pierre Paru dans ma boîte mail, mon index trembla. Il allait me renvoyer dans les cordes. Ou pire, comme il n'avait que peu de temps à perdre avec des amateurs de mon espèce, il ne prendrait même pas la peine de me répondre. Et mon texte se perdrait dans les méandres de ses spams dans lesquels il me jetterait d'un seul clic.

Deux autres semaines passèrent. Léo était là, à mes côtés, tentant d'épancher mon vague à l'âme à l'idée d'être passée à côté de la chance de ma vie. Ce qu'il ne savait pas, c'est que c'était lui qui constituait la chance de ma vie. Pierre Paru aurait été la cerise sur un gâteau délicieux. Rien de plus. Cependant, les jours glissèrent et je ne pus m'empêcher de ressentir une vague déception et un soupçon d'inquiétude. Qu'allais-je devenir ? La petite amie d'un chanteur adulé – rêvons un peu : l'épouse –, boulangère à ses heures ?

Pierre Paru n'avait même pas daigné m'envoyer un accusé de réception. Je n'attendais plus rien et me concentrais sur Léo qui, déjà, enchaînait les séances d'enregistrement en studio pour son premier album. Je l'accompagnais le plus souvent possible, me réjouissant à chaque fois d'entendre la magie de sa voix m'enrober de toute sa tendresse. C'est là que je reçus un drôle de mail.

« *Madame, chère Gaëlle, bonjour,*

Directrice de collection aux éditions Lelong, j'ai eu l'occasion de lire votre roman, L'Amour à nu. J'aimerais beaucoup faire votre connaissance afin que nous puissions en discuter. Pourrions-nous convenir d'un rendez-vous ? J'espère que vous en serez d'accord car ce serait pour moi un grand plaisir.

Cordialement,
Sylvana Dufort.
06-40-…-…-…
sdufort@editions-lelong.fr »

Je n'en revenais pas. Une éditrice, que je n'avais pas contactée, cherchait à me joindre. Je me mis dans un petit coin pour l'appeler. Nous bavardâmes pendant près de vingt minutes pendant lesquelles elle me révéla avoir adoré mon texte.

« Heureusement que Pierre m'a fait parvenir votre texte. Ce qui est fou, avec votre histoire, c'est qu'on y croit. Vous nous parlez de potion magique, et pourtant, ça paraît réel. C'est un tour de force, vous savez. Et les lectrices ne s'y tromperont pas. Votre livre est fait pour devenir un best-seller. »

Quelques jours plus tard, j'étais dans le bureau de Sylvana Dufort et je signais un contrat d'édition pour *L' Amour à nu*. Avant même sa sortie, les droits du roman avaient été rachetés dans vingt-huit pays.

Six mois plus tard, il était publié en grande pompe, avec affiches dans le métro, publicité pleine page dans *Toi magazine*– comme quoi, j'avais bien fini par y être –, interviews télévisées, invitations sur des radios…C'était un véritable tourbillon, un raz de marée. Évidemment, Gabin retrouva miraculeusement mon numéro de téléphone à ce moment-là.

— Gabin ? Gabin qui ?

— Mais si, nous nous sommes rencontrés à la gare. Après j'ai dû rentrer dans La Maison, j'avais des engagements, sinon je t'aurais appelée plus tôt…

— Non, vraiment, désolée, je ne vois pas. Bonne journée !

Et toc.

À l'heure où je vous parle, une adaptation cinématographique est en cours. Je n'ose pas vous révéler le nom de l'actrice principale, vous ne me croiriez pas. Et puis, je préfère vous laisser la surprise…

L'heure du bilan a sonné et vous vous demandez sans doute ce que sont devenus les protagonistes de cette histoire incroyable.

Mme Michelet a pris sa retraite. Elle est retournée vivre dans le village qui l'avait vue grandir, emportant avec elle ses oiseaux et ses fleurs artificielles. Il n'y a plus de gardienne dans l'immeuble. Le facteur dépose le courrier, les colis aussi quand leur taille le permet ; un homme se charge de faire le ménage dans le hall chaque matin. Une nouvelle famille a emménagé dans son appartement. La loge sert aujourd'hui de chambre au bébé qui vient d'arriver.

Le chat de mon voisin s'est en fin de compte avéré être une chatte. Elle a donné naissance à quelques chatons, qui font le bonheur de son propriétaire. Ce dernier sourit aujourd'hui beaucoup plus facilement depuis qu'il a quitté son travail pour se lancer dans la décoration d'intérieur.

Estelle ne travaille plus pour Rodolphe Milard. Amoureuse d'un motard, elle le suit partout où le vent le porte. De temps en temps, elle m'envoie des photos de son tour d'Europe. Elle a changé de lunettes, on la reconnaît à peine dans son blouson en cuir.

Martin Sylvestre est devenu le sélectionneur de l'équipe de France de football. Il rend très souvent visite à son père, qui habite toujours en face de la boulangerie et qui est bien décidé à vivre longtemps. M. Sylvestre garde souvent son petit-fils qui a fini par délaisser son sabre factice au profit d'un vieux train électrique. À sa maîtresse qui lui a demandé ce qu'il comptait faire quand il sera grand, il a répondu en zozotant qu'il sera « inzénieur pour construire des wagons qui volent », comme l'avait été son papi avant lui. Il aime toujours autant les viennoiseries.

J'ai croisé Pierre Paru, dans un restaurant. Je l'ai remercié. Entre deux bouchées de quiche lorraine, il m'a répondu que, de toute évidence, j'aurais fait une bien piètre journaliste. « Pas assez culottée. » J'ai souri, en pensant qu'effectivement, toute cette aventure n'aurait pas eu lieu si je n'avais pas accepté de me déculotter !

Voilà, à présent, vous savez tout. Je ne vais pas pouvoir m'attarder plus longtemps car, d'ici une heure, Léo et moi, nous serons dans le train, direction la Bretagne. Je sais déjà que ma Jojo, mon grand Papa et ma grand-mère Marie nous attendront à la gare. Quant à Justine, elle ne nous rejoindra qu'un peu plus tard : elle vient de trouver un travail dans une société de télécommunication. À elle les forfaits illimités !

Une dernière chose avant que je ne vous quitte : j'ai changé les noms et certains lieux, mais tout cela est bien réel. Alors, méfiez-vous. Si, d'aventure, vous deviez recevoir un colis, pensez, avant de l'ouvrir, que vous tenez peut-être là de quoi changer toute votre vie.

DES MERCIS À LA PELLE ET UN PETIT MOT AVANT DE VOUS QUITTER…

Parce qu'un roman ne peut voir le jour sans la bienveillance de quelques personnes, je souhaite ici remercier du fond du cœur tous ceux qui ont contribué à donner vie à Gaëlle et à son histoire rocambolesque.

Mon mari, d'abord, qui a su créer des ponts, des pirouettes et des fils pour faire tenir debout toute cette affaire. L'invisibilité, c'est lui. La « punition » de Gabin, c'est encore lui. La visite au fils de M. Sylvestre, c'est lui. Bref, c'est lui, un peu partout ;

Damien Gruson, qui, par ses conseils, sa gentillesse et sa disponibilité, a fait beaucoup pour le lancement de ce roman, bien plus d'ailleurs qu'il n'imagine ;

Claudie Libersa, correctrice bionique, indispensable maillon de cette aventure. Amis auteurs, je profite d'ailleurs de ces quelques lignes pour vous dire que si vous recherchez une correctrice très douée, dotée d'un sens aigu de l'observation et de la phrase, mais aussi d'une gentillesse hors du commun, Claudie peut être contactée à claudie.libersa@editionshorsnorme.fr ;

Émilie Bucheron, de la page Émilie DéLivres, pour sa relecture attentive et adorable, et sa présence tellement rassurante ;

Les premières bloggeuses et lectrices qui ont répondu à l'appel : elles sont trop nombreuses pour être nommées ici sans risquer un oubli, mais je voudrais qu'elles sachent à quel point leurs retours m'ont été précieux. Sans le savoir, vous avez égayé mes soirées ;

Mon amie Amélie, toujours là, qu'il pleuve, qu'il vente ou qu'il neige ;

Le chocolat blanc, les cookies et mon fromager : je vous aime !

Vous avez donc découvert l'histoire farfelue de Gaëlle. J'espère que ce roman vous a plu et qu'il aura même réussi à vous faire rire, au moins un peu. Si vous avez passé un bon moment, n'hésitez pas à le faire savoir autour de vous en laissant un petit commentaire sur Amazon, Babelio, Booknode, Livraddict et/ou en parlant à vos ami(e)s, autour d'un verre. Vous tenez le destin de ce livre entre vos mains. C'est vous qui allez rendre la magie possible.

Si vous le souhaitez, vous pouvez m'envoyer un petit mot, soit en écrivant à : charliewat.auteur@gmail.com, soit en me contactant via Twitter ou Facebook. Je promets d'être réactive et de répondre rapidement aux messages, pour peu qu'ils soient sympathiques.

Deux parutions par an, c'est le rythme que je me suis donné : un roman d'hiver, un roman d'été.

J'espère pouvoir vous proposer un deuxième texte pour le mois de juin. J'ai déjà quelques idées, mais chut, c'est encore un secret. Je croise les doigts pour que vous soyez encore au rendez-vous !

Printed in Great Britain
by Amazon

44049244R00138